U0041533

絶望の精神史

絕望的精神史

金子光晴 著
周芷羽 譯

目次

總序

幡：日本近代的文學旗手

楊照

認識日本的近代文學，一定會提到夏目漱石。夏目漱石在一九〇〇年到英國留學，三年後，一九〇三年回到日本。具備當時極為少見難得的留學資歷，夏目漱石一回到日本就受到文壇的特別重視。在成為小說創作者之前，夏目漱石已經先以評論者的身分嶄露頭角，取得一定的地位。

一九〇七年夏目漱石出版了《文學論》，書中序文用帶有戲劇性誇張意味的方式如此宣告：

……我決心要認真解釋「什麼是文學？」，而且有了不惜花一年多時間投入這個問題的第一階段研究想法。（在這第一階段中，）我住在租來的地方，閉門不出，將手上擁有的所有文學書籍全都收藏起來。我相信，藉由閱讀文學書籍來理解文學，就好像以血洗血一樣（，絕對無法達成目的）。我發誓要窮究文學在心理上的必要性，為何誕生、發達乃至荒廢。我發誓要窮究文學在社會上的必要性，為何存在、興盛乃至衰亡。

這段話在相當意義上呈現了日本近代文學的特質。首先，文學不再是消遣，不再是文人的休閒娛樂，而是一件既關乎個人存在，也關乎社會集體運作的重要大事。因為文學如此重要，所以也就必須相應地以最嚴肅、最認真的態度來看待文學，從事一切與文學有關的活動。

其次，文學不是一個封閉的領域，要徹底了解文學，就必須在文學之外探求。文學源於人的根本心理要求，也源於社會集體的溝通衝動。弔詭地，以文學論文學，反而無法真正掌握文學的真義。

夏目漱石之所以凸出強調這樣的文學意念，事實上，他之所以覺得應該花大力氣去研究並書寫《文學論》，是因為當時日本的文壇正處於「自然主義」和「浪漫主義」兩派熱火交鋒的狀態，雙方尖銳對立，勢不兩立。夏目漱石不想加入其中的任何一方，更重要的，他不相信、不接受那樣刻意強調彼此差異的戰鬥形式，於是他想繞過「自然主義」及「浪漫主義」，從更根本的源頭上弄清楚「文學是什麼」。

日本近代文學由此開端。從十九、二十世紀之交，到一九八〇年左右，這條浩浩蕩蕩的文學大河，呈現了清楚的獨特風景。在這裡，文學的創作與文學的理念，或者更普遍地說，理論與作品，有著密不可分的交纏。幾乎每一部重要的作品，背後都有深刻的思想或主張；幾乎每一位重要的作家，都覺得有責任整理、提供獨特的創作道理。在這裡，作者的自我意識高度發達，無論在理論或作品上，他們都一方面認真尋索自我在世界中的位置，另一方面認真提供他們從這自我位置上所瞻見的世界圖象。

每個作者、甚至是每部作品，於是都像是高高舉起了鮮明的旗幟，在風中招搖擺盪。這一張張自信炫示的旗幟，構成了日本近代文學最迷人的景象。

針對日本近代文學的個性，我們提出了相應的閱讀計畫。依循三個標準，精選出納入書系中的作品：第一，作品具備當下閱讀的趣味與相關性；第二，作品背後反映了特殊的心理與社會風貌；第三，作品帶有日本近代文學史上的思想、理論代表性。也就是，書系中的每一部作品都樹建一竿可以清楚辨認的心理與社會旗幟，讓讀者在閱讀中不只可以藉此逐漸鋪畫出日本文學的歷史地圖，也能夠藉此定位自己人生中的個體與集體方向。

給現代人的重要警告：日本自身的「絕望」批判

楊照

京都觀光名所之一是有著大垂櫻的圓山公園，公園的側門則通往另一個觀光名所——以豐臣秀吉夫人命名的「寧寧之道」。就在圓山公園和「寧寧之道」交界處，立著一座相對沒有那麼多人知道的豪華宅邸「長樂館」。「長樂館」現在是高級飯店，也是富豪之家舉辦婚宴的首選地點，其來歷則是日本「菸草大王」村井吉兵衛在一九〇九年興建完工的京都別邸，從明治末年到大正年間，多少當年的王公貴族、政府高官，以及企業人士風光進出「長樂館」，以受邀參加館中宴飲為榮、為傲。

村井吉兵衛出生於一八六四年，因為家貧而不得不由叔父收養，繼承了菸草商家業。二十幾歲時，村井吉兵衛把握了日本維新的西化潮流，從美國進口菸葉，生產西式的捲菸，獲致大富。他運用了在菸業上累積的資金，長袖善舞介入包括銀行在內的各種現代事業，並建立複雜多元的政商關係，成了一代的傳奇人物。

「長樂館」是他建構傳奇人生的重要一環。其背後是村井所娶的第二任妻子薰子，薰子的哥哥是擁有子爵身分的貴族日野西資博，薰子從小就被送入宮中，擔任近身服侍明治天皇的女官。娶了薰子，在「千年皇城」京都建造了豪華的別邸，快速有效地提升了村井吉兵衛的政治與社會地位，是讓很多當代人又羨又妒的聰明手腕。

金子光晴在《絕望的精神史》中提到了村井吉兵衛，舉他用金錢來換取地位的做法為代表明治時期的著名案例。對於村井吉兵衛，金子光晴的態度既非羨慕也非嫉妒，而是相反的悲哀感慨。他看到的，他在意的，是那樣一個激烈變化的時代，驅策著日本社會進入一種盲目狂亂的狀態，群體意識中最突出的就是要「跟上時代」，相較於「跟上時代」的驅力，其他一切都不重要，也都崩潰瓦解了。

村井吉兵衛屬於「跟上時代」的人，然而他之所以成為傳奇也正因為不是每個人都能如此「跟上時代」。另外還有很多「跟不上時代」的人，他們在體會落伍的孤獨中，經驗了深刻的「絕望」。那麼，像村井吉兵衛這種「跟上時代」的人，就可以過著幸福的生活嗎?金子光晴敏銳地點破——不!他們也同樣和幸福無緣,被捲入在應對巨變的恐慌氣氛中,沒有辦法停下來思考,更不可能決定自己所要的生活,結果是只能過著另一種「絕望」的生活。

這就是《絕望的精神史》書名的根源,來自金子光晴看待日本現代歷史非常不同、嚴厲批判性的角度。他的主要論點,是不管表面上從明治維新之後日本有多大的進步、多少的成就,如果往精神底層,也就是人民的實際生活,在生活上所付出的代價來看,那麼這段歷史畢竟是黑暗的,整個過程中幾乎所有日本人都和真正的幸福絕緣,只能抱持著對於幸福的種種幻夢,和對反於幸福的「絕望」長期掙扎。

我們很難找到一個比金子光晴對於日本更悲觀更嚴厲的日本人,也很難找到一本比《絕望的精神史》更尖銳指摘日本文化與日本社會根本問題(甚至根本病態)的日文書了。這樣一本書,出自知名的日本現代詩人之筆,清楚設定以日本一般大眾為目標讀者,書中充滿了金子光晴自身成長經歷的真實例證,讓批判的意見更為沉痛,也更為真切。

《絕望的精神史》是金子光晴一九六五年完成的作品。這個時間點有著多重的特殊意義。第一,金子光晴出生於一八九五年,這一年他剛好七十歲。第二,這一年,是日本敗戰二十週年，所以他還刻意選擇了天皇宣告戰敗投降的八月十五日那天來寫作這本書的「前言」。第三，這時候，距離「明治維新百年」（一九六八）只剩三年時間，日本社會有著許多對於這百年歷史的回顧討論，產生了各種評斷的角度與標準。

日本打敗中國，逼迫中國簽下《馬關條約》割地賠款那一年，金子光晴出生。十年之後，日本又在戰爭中擊敗俄羅斯，取得了更高的國家地位。然而也就在「日俄戰爭」勝利後，日本社會產生了關鍵的逆轉變化。戰爭勝利帶來的集體興奮過去之後，卻發現這場勝利並未如中日戰爭那樣帶來實質的利益，相對地，過去三十多年不能停歇的快速變化，以及持續動員所累積下來的種種問題，這時候再也壓不住了，每天爆發出讓政府疲於應付的騷動不安現象，在大部分日本人沒有準備、也無從準備的情況下，歷史倉促地從樂觀的「維新」進入低抑鬱悶的「明治末年」。

早熟的金子光晴沒有趕上「維新」的熱鬧，卻深刻地感染了「明治末年」的低抑鬱悶。十二歲那一年，他人小鬼大地聯合了幾個朋友，從東京走到橫濱，心中懷抱著要搭上貨輪偷渡到美國去的計畫。如此誇張戲劇性的行動當然失敗了，不過行動的時代意義卻不應忽視。刺激金子光晴出走的因素，除了有養子身分帶來的壓力之外，更重要的是他早早意識感知自己和日本社會之間的致命差異，還有那個時代各種少年漫畫作品中所呈現的冒險情節號召。那是一個日本人不想再只是停留於接收西方影響進行「文明開化」，開始嚮往離開島國去體驗世界的新時代，那也是一個日本傳統「人情義理」再也收拾不住的新時代。

金子光晴是個感官極度敏銳的人，容易受到帶有高度「肉體性」感情的吸引。這樣的傾向使得他早期習畫，後來又倒向頹廢意識主導的文學，終究選擇了現代詩作為他的表達形式。這樣的傾向，和日本社會的主流顯然相抵觸，難怪他會想要離開日本，去追求想像中的西方夢土。

十二歲沒有從橫濱走成，但離開日本的意念始終纏繞著金子光晴。又再等了十二年，他終於在一九一九年從神戶搭上「佐渡丸」，沿著印度洋航行到英國去，有了一年半居留在歐洲的經驗。

不過，二十四、五歲的離開，和十二歲的天真想像很不一樣了。真正能夠離開日本，卻從在船上遇到同樣要離開日本的人們開始，就給了金子光晴新的體會。他發現包括自己在內，所有的日本人都背負著宿命的日本身分，沒有辦法擺脫。去到外國非但不會讓日本人失去日本身分以及伴隨日本身分而來的狂亂，甚至還使得人更加依賴日本身分，更自覺、強調自己是日本人。日本身分成了解不開、逃不掉的羈絆，這份「解不開、逃不掉」構成了鋪天蓋地日本「絕望精神」的一部分。

一步一步，金子光晴構建了他的「絕望精神」史觀。日本人荒蕪的精神底層，與世隔絕的島國環境，造就了既自大又缺乏自信的個性。自覺為孤立的小國，因而總是抱持對於大國的嚮往心態，以取消自我、模仿大國為榮為傲。在沒有和任何國家接鄰的情況下，無法確切地和別人比較，讓日本人經常陷入一廂情願、自我催眠的不現實狀態中。四周都是海洋，又給了日本人一種不可能離開日本的封閉無奈情緒。

這是「絕望」的文化根柢。而在這之上，堆疊了其他從「明治維新」以來的集體精神元素。「明治維新」的主軸就是要讓日本追上西方列強，能和列強平起平坐，於是將整個社會拉進了「追」與「競爭」的白熱激情中，所有可以安穩過日子的基礎都視為有礙於「追」與「競爭」而被殘酷地抽走了，等於是每個人都被擲入狂濤中，要嘛在狂濤中學會如何游泳，不然就在狂濤中滅頂。

「維新」時期表面上鬆脫了原本的社會約束，創造了新的個人自由空間，然而在「追」

與「競爭」的主體壓迫下，個人自由帶來的是不合理的期待，和不合理期待下的精神絕望。沒有了封建身分的限制，父母就期待子女都能在社會上飛黃騰達，也就隨時擔心自己沒有盡到協助與監管的責任，讓子女錯過了成功的機會。下一代認為個人自由具體實現在閱讀文學發展感官、在信奉社會主義的理想、在體驗可生可死的愛情，甚至在將生命獻祭在虛無的存在痛苦上；而從上一代的角度看，文學、思想、社會主義與戀愛，卻都是阻礙青年善用自由追求成功的可怕魔鬼。於是家庭被拆毀了，兩代之間引發了最暴烈的衝突。

進入大正時期，一個相對權威解紐、激情退燒的時代，日本人又必須面對另一項現實的考驗，那就是看清楚自己對於西方的追逐模仿，必然只是半調子的，反映為許多虛偽庸俗的裝模作樣，但是在半世紀的西潮大發燒之後，這時又能如何扭轉方向回來建構自我呢？於是在傳統與西洋兩頭落空的窘境中，日本人只能訴諸於投射到天皇身上，由天皇崇拜中得到集體取暖的安慰。於是從明治一路延續到昭和年代，有了不變的「絕望」主調，那就是人失去了獨立自主精神，個人的癖好、批判精神、道德觀等等，所有會威脅到集體性與集體力量運行的東西，都被排除了。

在《絕望的精神史》這樣一本篇幅不多的小書中，金子光晴放入了巧妙交織的好幾種內容。這裡有一份雖然悲情激動卻不乏理性事實支撐的日本近代發展史觀；還有金子光晴獨特的人生回憶，以過往認識的種種「絕望者」來整理自己到七十歲為止的豐富經歷；也有作為一個詩人，金子光晴帶有濃厚個人風格的象徵與敘述文字；更有躍動了一顆依然年輕熱情之心的七十老人，對於後代日本人所提出的嚴正警告。

金子光晴的警告、預言之一，是幕末維新的明治歷史可能會在百年之後「華麗回身」，以至於讓日本社會遺忘了他痛苦經歷的這段「絕望精神」歷程。在《絕望的精神史》出版半世紀之後，我們的確看到了他所擔心、不願見到的情景——幕末維新歷史被重新抬舉，寫成了輝煌英雄的連篇成就故事，相對地，故事之下所有人付出的「精神絕望」代價也就被抹煞被遺忘了；只留下《絕望的精神史》這樣的一本書，因而這本書所提供的另類史觀，也就顯得更珍貴、更不能同樣被抹煞遺忘。

《絕望的精神史》中金子光晴如此描述自己的「終戰體驗」：

> 我在湖畔落葉松林中的小屋，和逃避徵召令的兒子一起，聽到從那品質不甚清楚的收音機中傳來天皇陛下的聲音……因為遭受欺侮的時間實在是太漫長了，當我和

家人彼此手拉著手，「太好了，太好了」歡鬧著的時候，反而沒有打從心裡湧現在那個時間點應該要有的特別感動。

不久，我自己一個人帶著留聲機走到湖邊，播放唱片。我播放在北京買回來的程豔秋《紅拂傳》，聽著有些沙沙作響的音質，像是隨時都會中斷似地播著，他用高亢的歌聲，揚聲高唱著那滿是綿延不絕獨特的哀傷感。那是第一次，我從極度緊繃的心靈狀態中解放，雖然從那甜美之中，流露出像是遙遠的、不諧和音的悲傷，但那時的我放下一切，充分地品嘗那嗚咽的情緒，完全忘了自己身在何方。

很難理解、很難想像，提供了如此不同的日本圖象，以一種「遭受欺負」態度經驗戰爭，最終要在程豔秋的京劇聲響中才能得到心靈解放的金子光晴，竟然長期被中文世界所忽視，幾乎找不到他作品的任何中文譯本。希望《絕望的精神史》的翻譯出版，不只可以讓讀者認識金子光晴，更能提醒大家，在日本曾經有過種種呈現批判態度的精采作品，值得挖掘考索。

前言

自明治開始，歷經大正、昭和到今天，差不多經過了一百年吧。一百年，也就是說，這一個世紀，是弱小身軀的日本人拚命在列強環伺下成長的時代。或許有為此感到驕傲的人，或許也有被迫捲入其中而覺得麻煩的人吧。明治開國當時的列強，是披著僧服的狼群。於是，好強不服輸的日本犬模仿狼群行為、惹來一身重傷的童話故事，就這樣流傳下來。

「明治開始的路線才是正途」，這種現在看來顯然是溢美之辭的說法仍然存在，也有人將戰敗之後二十年的日本視為嶄新的起點。那些認為從明治開始的國家重大政策絕對正確的人，對他們而言，「大東亞戰爭」的敗北並未成為深刻的教訓。簡言之，只要條件齊備、重新建構實力，那些人便可能再度輕率地引發悲劇，這心態代表的是他們惡質的激情。至於肯定戰後二十年發展[1]的人們，他們的立場固然有正確的地方，但難道不是單純地將現今民主主義的正義觀照單全收而已嗎？這一點，又讓人害怕了起來。

不過，在諸如此類的問題之前，我想探究的是日本人矛盾言行的源頭。例如，雖然日本戰敗，但人心叛變的速度之快，只能用歎為觀止來形容。原本痛恨美國和英國、甚至還會在國名加上「犬」字邊、寫成「猍獏」的那票人，轉瞬間就變成高舉親美、親英大旗的旗手。此外，原本腳非得朝向皇居才睡得著覺的人們，如今卻像只是換艘船般，輕易地大舉加入共產黨。

表面上是秉持恬淡、無欲，主張無神論者的日本人。另一方面，既頑固又讓人生厭、嚼他人舌根大肆批判，喜歡照顧他人的也是日本人。我在觀察日本人性格究竟是如何糾葛纏繞，又是如何分歧不一之後，得出了屬於自己的「日本人觀」。

因此，我嘗試在活於世上七十年人生經歷裡結交的同夥之中，喚起關於三、五人的相關記憶。由於是年少時代的事情，或許會給出錯誤評斷，但我知道，他們是依照自身性格，各自背負、肩擔著近代日本的絕望。那樣的絕望，會根據人們的立場或時間而有所不同，但無疑的，都有讓其深感絕望之事。

一旦開始探究形成「絕望日本人」的原因，免不了會提到歷史層面的問題，不過本書並不打算涉獵太深。不如說，讓眼前的絕望者表達些什麼，這才是我的目的。我想他們應該是各自闡述著自己的絕望吧。當然，我也會以敘事者身分參與那些回憶。我們只要能在聆聽那些乖僻者或咒罵者講述的過往時，了解到各個時代逼迫他們至此的強制力就夠了。

生活於今日的我們，追尋著身為日本人被迫背負的宿命根源。為了與那樣的宿命奮鬥，本書若能成為參考，就是值得慶幸的事情了。

金子光晴

一九六五年八月十五日

1　日本在二次大戰結束後，迅速從戰敗的打擊中復甦，用二十年的時間讓經濟和各項建設蓬勃發展。一九六四年，成立世界上最早的高速鐵路新幹線，同年並舉辦奧運。並在一九六八年成為僅次於美國的第二經濟大國。

一、絕望的風土・日本

東洋孤島孕育的產物

徐徐搖曳飄然落下，
閉上眼，
摩挲著雙腳腳掌，我如此祈禱：
「神啊，
希望務必帶領我正確地抵達故鄉樂土。
希望不要任由風吹拂至海上，令我漂流。
希望我所處的環境，不是剎那間就消失的夢境。
萬一，我被迫脫離地心引力，無論怎麼墜落，再墜落，都苦無降落之處，
願我不會變成這樣的悲劇。」

出自詩集《降落傘》

1 絕望，是什麼呢？

所謂的絕望，究竟是什麼？絕望的人們究竟在哪裡？

儘管如此，絕望這樣的詞彙，是相當強烈的用語。畢竟不論是誰，都會祈禱能幸福。只要看了許多人根據自身不同經歷寫下的「幸福論」，就能理解。所謂幸福，是從期盼著明天也能繼續保有眼前的幸福開始的。也有不寄託明天，認為瞬間的幸福才是真正幸福的人吧。不過，多數的人，都祈禱幸福能長長久久。

然而，那樣的幸福，究竟是什麼呢？對某人而言是幸福的境遇，可能對另外一個人而言並非如此。同樣的，就算用最簡化的方式描述「絕望」，可能從客觀角度來說是絕望，但從主觀角度而言，不見得如此。絕望，就和幸福、不幸一樣，絕大多數是隨著個人的想法、感受不同所得到的認知。

但是，唯一能確定的是，不論絕望的真面目究竟是什麼，某個人覺得絕望的事實，是真真實實存在的。

我們周遭並不缺乏絕望者，俯拾皆是。從出人頭地到被拋棄的人，事業經營失敗、背負著就算拚上一輩子也還不清債務的人，失戀的人，身染不治之症、不再懷抱痊癒希望的人，對世界上一切事物逐漸失去信賴的人，失去原本的心靈支柱、仰賴的奧援者過世、漸漸失去生存鬥志的人……這樣的人所在多有。

更具體而言，就用我自己一生歷經明治、大正、昭和年間見識過的絕望者為例吧。和我最為親近的親生父親，立下創造百萬財產的誓言，但經過七十年來拚死苦鬥之後，最終仍舊無法達成。後來父親到了四國，在貧困漁村的後山裡的閒置寺廟當守衛，結束他絕望的一生。另外，我的叔叔原本計畫在鹿兒島海上栽種枝狀珊瑚，但失敗而自殺。有一位醫生朋友，得知妻子外遇後憤而飲下霍亂弧菌而死；也有因感嘆自身才能不足，切斷手指，藉此斷絕工作野心的雕刻家朋友。

這樣的人，我們甚至不必費勁地一一找出他們，對人類而言，死亡這件事原本就相當公平，是每個人都會有的絕望。命運論者將死亡視為自然的過程，當作事先計算好的結果勸人放棄。宗教家則是藉由強調死後的世界，打算拯救對死亡絕望的人。

我寫下這些在我們眼前突然裂開大洞的地獄、難以想像的破滅世間百態，並不是抱著讓人震驚的企圖。我也不打算從平淡的貧乏人生中，教導各位避免絕望的方法。在這層意義上，本書並不是「幸福論」的變形。

當然，我舉出每一個人的經歷，固然也是打算描述他們的絕望，但我寫這本書的目的，是希望藉此審視將犧牲者逼上絕境、特別的環境風土或時代性格，以及這些因素與他們之間的關係。

日本民族活在矗立於東洋盡頭的群島上，長期隔絕於外界，死而復生、生而復死，一直存續至今，我也明白，過去漫長的歷史條件對於深植日本人心中、形塑出日本人性格的要素是多麼龐大。我知道如果忽略這部分就無法了解近代日本人的絕望，不過對此，坊間已經有很多專門研究的書籍。我想這些知識可能已經是一種教育修養，多數人都知道了。那麼，在此我想用開始懂事時的經驗，也就是差不多小學三、四年級左右，明治時代三十七、八年的日俄戰爭期間開始的親身經歷，以及所見所聞做為基礎，用經驗談的筆觸寫下這本書。

對我個人而言，當時以日本人身分所發展的人生，並非出於自己的選擇，不論好壞，不過是單方面給予我的東西罷了。然後，我被教導如何盡快並稱職地合乎為人子女、為人之徒、為人晚輩、為人國民的責任。接著依循自身所接受的教育，服從法規，只要毫無反抗也未發生衝突地順利融入周遭環境，就能獲得幸福生活的保障機制。

這一點，對於周遭沒有比較對象的島國日本而言，某種程度上是得天獨厚。若是在複雜人種混合而成的美國，或是國土與鄰國相接、有太多機會可以馬上與他國比較優劣的歐洲各國的話，對於每件事情都會抱怨不公平，或是很容易就有競爭意識吧。不過反過來說，這也是歐美國家有所發展，也會產生自我批判意識的緣故吧。

處在日本這樣的國家，會愈來愈搞不懂自己究竟是幸，還是不幸。因此，一旦統治者說日本是神之國度的話，民眾就會如此認定；只要謳歌世上沒有其他國家如同日本一般美麗、優秀，全體民眾也會立刻跟著唱和。如果客觀來說是正確的話，自然無話可說，但如果在完全不是真實情況、只是統治宣傳的情況下，就會形塑出桀傲不遜，甚至是盲目信任的國民群像。由此而生的絕望或是悲劇，難道不是存活至今日本人的重擔嗎？

確實，在將近明治末年之際，我所認知的日本民眾，對於那些深知國力發展程度的政府當局人士而言，是相當困擾的過度自信者。他們行徑既高調，態度也很強硬，說著「再做更多，再做更多，究竟在猶豫什麼啊」，對於國力的信賴已經超過實際程度，而滿心歡喜。這樣的性格，成為日本人容易輕視現實、態度輕率隨便的特徵，直到現在。

日本，在明治時代的東洋各民族之中，確實可視為幸運兒。當時東洋的各民族淪為西方列強的殖民地、半殖民地，難以從中脫離，深受奴隸處境的待遇所苦，然而只有日本不僅能免於占領，還反過來磨利對外侵略的獠牙。瀕臨亡國危機的鄰國中國，對於日本的恐懼就像對美國、英國、法國、德國等西方列強一般，以「日本鬼子」[2]稱之，從這一點可以顯示出他們對日本的忌憚。

明治時代，是貫徹富國強兵的時期。以天皇為中心的強烈愛國精神，加上以西洋為範本的資本主義強化發展，支撐著日本的軍事能力。像是增產報國、出人頭地，也就是說，在以現世中心物質主義為重的世界裡，給予能夠勇武地贏得競爭存活下來的人類禮讚、獎

2　日本鬼子：原文寫成「東洋鬼」。是華人自二次大戰後對日本人的蔑稱之一，源自於對西方國家侵略者的蔑稱「洋鬼子」。

勵，這種乍看之下相互矛盾的兩種概念，排除其他條件後合而為一，為了一個共同目的前進。

在大正這個時代，對於明治那種勤奮不懈的發展模式，稍微恢復了一點客觀性。不過從這角度來看，也可以說是一種反動。是在觀察西洋精神文化發展後，強烈認知到自己國家的落後，一面醉心於先進文明，同時也陷入自我厭惡的時代。

但是，若從其他角度思考，接受西洋文化意味著快速修正明治時代單方面重視物質水平的不協調傾向，讓日本的文化更加豐富，其實並未脫離日本人一脈的「為國著想」思想。因此，那些「大正時期輸入西歐思想的論調，其實只是流於膚淺表面」的看法有其道理。這種不徹底或是失去平衡的情況，來到了昭和，就像是面對逐漸入不敷出的決算期，造成大大小小現實和精神面的恐慌，形成外在顯現與內在思考的模樣吧。

這時，下一個問題出現了。日本以「日本鬼子」之姿開始發展的明治，究竟是個怎樣的時代？就算被懼怕稱為日本鬼子，日本仍未真正貫徹信念、也未真正完全蛻變成文化國家的真正原因，究竟潛藏在何處？

為了探究這些問題，在順序上，我想先將重點放在日本本身孤立的地理條件，以及由溼潤的風土醞釀、異常發酵而成的壓抑精神。這些也可以說是形塑近代日本人歷史性格的背景。也就是說，近世德川幕府時代所存在的義理人情世界，仍保持至今。且與此同時，人們心中認定早已消失於遠古時代的古老亡靈，意外地仍棲居於日本人內心深處，不只是影響生活習慣與偏好，甚至還會利用人們對於迷信的執著，將人逼入不合邏輯的世界中。

也可以說是這個緣故吧，做為穩固明治精神的根基，日本人為了要強化以天皇為中心的義理人情，以神祕主義（即所謂亡靈世界）取代追求合理的精神。雖說那應該是小國日本僅有的一張牌，但也不可否認的是，既然有意剷除舊草，就是意味著讓新的樹林繁盛生長。

我揭開了自身的絕望開始訴說這些事，是因為這並不是個只要考量幸福就能生存的時代。不，現實恐怕是世上並不存在只需要考慮幸福的時代吧。但是，人無論如何都必須避免在不知不覺間落入更大的陷阱。現在正是有必要徹底調查絕望的形態，並加以了解的時刻。

2 無法逃脫的日本

戰爭中的我，就像遭捕鼠器夾住的老鼠，在狹隘的日本踏上旅程，漫無目的地遊走。那是在日本與美國開戰之前，僅半年左右的事。是從空氣逐漸稀薄的窒息狀態中，掙扎逃出的生物本能。但是身處狹小的島國日本，不論逃到何處，盡頭都是海洋，我就像是拴上比手腕粗重的鐵鍊，困在這片陸地上，身體發出喀拉喀拉聲響，受枷鎖牽制。面對眼前的大海，我心想：

「終究，還是逃不出去啊。」

不只是身體無法掙脫。雖然自己不曾察覺，但是從用語、習慣、思考方式、血緣濃淡，以及存在於更深處、同為日本人才能明白的人情味和意氣相投，或是喜好興趣等等，都是將每個同胞連結在一起的強力羈絆，並非一朝一夕就能從中脫身。明治時代的日本人之中，雖然也有人抱著有志難伸、打算前往國外飛黃騰達的想法，但總與日本的發展前途聯繫在一起，怎麼看都是另一種展現愛國心的方式。

政府派遣的留學生，或是前往海外視察的政府官員等，藉由出訪認知日本的優點，結果愛國心愈來愈強烈。這樣的情況，只要翻一翻明治末期時幾乎家家都有一本、將名人遊歷外國的失敗經歷集結而成的小冊子《紅色毛巾》，我想就能明白。

至於討厭日本人的日本人，我想一般而言，反倒是在進入大正時代才出現的。也就是說，因為自己的個性或缺點，如同鏡子般映照而導致自我厭惡，這種情緒必定是在日本人的自我意識相當發達之後才會形成。明治或更之前的日本人應該常常有放下俗世的念頭，但絕不曾有過捨棄日本人的想法。因為身為人類，就是身為日本人的同義詞。

歐洲固然有很多愛國人士，但討厭自己國家的人也從以前就存在。簡而言之，人在隱世之前還要經過一個階段，就是「拋棄國家」。如果有專門書寫國家壞話的諷刺者，那麼也不乏對國家政府的做法抱著不平、圖謀發動祖國革命、不斷引起眾人注目的話題人物。那樣的人一旦在自己國家感受到危險，或是無法承受壓迫，逃離祖國亡命到鄰國並不算是太難的事。就連英國這樣的島國，只要搭船橫渡多佛海峽就能去各個地方。

就這一點來說，日本人從進入近世至今，歷經三百多年的漫長鎖國時期，深受嚴格的尊卑身分制約，在壓制性的封建制度下被迫完全孤立於東海盡頭。雖說終於解除鎖國，但明治新政府為了躋身文明開化諸國之列，以強化民心為手段，極度排除精神層面的自由，而是留下古老的儒教精神和義理人情。這些文化到今天仍束縛著日本人的手腳，延續「民不可使知之」[3]的政策。

確實，明治時代之後的日本人，從日俄戰爭進入大正時期左右，也感受到國家的狹隘。以現實來說，就是工作機會稀少，煩惱很多。如同那首唱著「在這狹窄的日本已經住膩了」的流行歌[4]，在付出了龐大代價、賠償卻不成比例的日俄戰爭後，深深擄獲那些總感到有什麼不足卻缺乏宣洩管道、充滿野心的年輕人的，就是離開日本為國家發展鞠躬盡瘁的精神。移民的平民也不是生活無以為繼，他們在外地勞動，寄錢回日本，打從心底想要協助國家更加富強。十歲、十二歲的少年盛行潛藏在貨船底部，密謀偷渡海外的計畫，都是受到當時讀到廢寢忘食的《銀山王》、《海底軍艦》等冒險小說的刺激，懷抱著不成

3 民不可使知之：典出《論語》泰伯篇，原句為：民可使由之，不可使知之。

4 此指大正到昭和初年，年輕人朗朗上口的民謠《馬賊之歌》，歌詞描述厭倦狹小的日本，嚮往到寬闊的中國大陸尋夢。

熟的海外發展夢想。

一九一九年，第一次世界大戰結束後的隔年，二十四歲、過得還算可以的自己即將第一次離開日本，雖然只是獲得一份能賺夠旅費的差事，純樸的家人和親戚卻過度讚美我，並對我寄予期待。但從我的立場來看，自己既沒有做生意的遠見，不但身體不健康，也還沒立下將來的計畫，光是心裡的責任感就已經過度負荷，只是抱著離開日本就能鬆一口氣的心情而已。到了大正時期，像我這樣的青年並不少見。

我搭上的船「佐渡丸」重約六千噸，雖然過去似乎是傭船[5]，卻是日俄戰爭後第一艘駛向歐洲的船。船上多是因為戰爭滯留的外國籍乘客，整艘船客滿。其中，有要回到近東地區的白俄羅斯亡命貴族，從澳門回葡萄牙的黑色立領服修道僧，還有看起來狡猾的亞美尼亞雜貨商。他們待在船底的下等艙，我沾染著外國人特有的狐臭，一路和他們同行。

最先離開日本的日本人，在鋪著一張榻榻米的多層床架上無所事事，口中哼著極為簡單的旋律，是當時流行的《青島守備兵之歌》。當大家圍坐著喝酒的時候，就會擺上或明或滅的蠟燭，玩起不會讓人厭煩的「花牌六百間」[6]。船上還有一位臉色不太好看的技師，他攜著頭頂大丸髻、顯出鄉巴佬氣質的新婚妻子，即將前往預定開發的馬來西亞橡膠園赴任。也有一位理髮師，曾於日俄戰爭在戰場上為黑木為楨[7]大將削髮，僅此一件足以自豪的事蹟。聽到在印尼泗水新成立的日文報社有活版印刷工人的缺，就想離開日本試試的禿頭活字工，則是在西貢海域過完年後立刻拿出「一升壜」[8]，邊向大家敬酒，邊說著：「元旦啊，萬世一系的天子，富士山[9]。就用這股氣魄繼續走下去吧。」一個被叫著「老闆、老闆」的老人，只幫自己的座位挪出更大的空間，坐在兩張坐墊上，將料理長送來的新年料理一一排好，用筷子戳著。老人是賣春仲介的老闆，他帶來的四名女人，身上的浴衣凌亂不整，聚在一起，宛如暈船後將胃裡的東西都吐了出來的病人，幾乎是躺在床上度日。她們主要是接待印度人和馬來人，賺取金錢寄回自己的家鄉，幫助生活困苦的家人。雖然她們都是自願出門求發展的同夥，但和活字工、理髮師、橡膠園的技師一樣，在

5　傭船：暫時因接受政府或軍隊徵召，做為軍事目的所用的民間船隻。
6　花牌六百間：一種由兩人或三人進行的花牌遊戲。
7　黑木為楨（一八四四—一九二三）：日本陸軍將官，在日俄戰爭期間擔任第一軍司令官。
8　一升壜：日本用來裝液體專用的玻璃瓶。一升換算為現代公制單位為一八〇〇毫升。
9　元旦啊／萬世一系的天子／富士山：出自內藤鳴雪的代表俳句，時序為新年時節。日文中「富士」與「不二」發音相同。「不二」也代表無二心、忠誠之意。

追究那樣的心理之前，原因都是有天皇陛下的肖像，而受到激勵或是威迫。

船員們最常掛在嘴上的是：「船上，等於是日本土地的延伸喔。」事實情況就是如此。不只是土地的延伸而已，還因為長期鎖國加上殘破不堪的外表，日本人也無法和外國人站在對等地位相互理解，於是愈遠離日本，日本人之間的羈絆更加強烈，和距離的長度成反比，心靈反而離日本更近。因此，身處外國的日本人是最純粹的日本人，身處外國的時刻，也似乎是內心最為珍惜、憐愛著那可憐島國的時候。

我在這趟首度前往歐洲的旅程中，認識了與大正的文化人截然不同、保有古樸日本時期的人情風俗，也知道了近似於明治時期的行為與思想依舊存活著，都讓我的想法煥然一新。船上的乘客只要有空就會辯論。像是日本總領事館對於外國政府的態度相當軟弱，或是必須將英國、荷蘭的勢力逐出東洋地區……這還算理性的，有時候是當一個人表示：「日本會在不久的將來，做好大型戰爭的準備。這一點才是確實有效的。」便會出現另一個人說出極端言論：「如果不讓華僑再從戰爭中吃到苦頭的話，他們的排日行動永遠沒完沒了。首先就從打倒中國人開始。」

不論去掉哪一層皮來看，他們都會以希望對方支持自己現實立場的言論作結，但這並非是出自於外交或民族融合的立場，而是寄望國家能發揮暴力手段。那正是「向人民保證能透過軍事力量達到國家發展目的，煽動不食人間煙火的正直日本國民，囫圇接受政府說詞」的明治軍國主義所造成的結果。

轟立、橫躺的岩石冰冷地拒絕了周圍的大海。雖然眺望著大海時無風無浪，卻阻礙著人們離開日本向外發展的意志，而且也對於從外界帶來破壞、混亂、過度刺激的外國船隻駛近，抱持高度警戒。

因為如此，長年下來日本人遺忘了在大海彼端有各種國家。就算沒有忘記，也毫不關心。他們窺探將拓本、藥品、文具等物品運往日本的朝鮮、中國，誤以為其他的土地住著蠻族。「民不可使知之」的政策，也是其中一種表現。江戶時代，因為「民不可使知之」的政策，實現了三百年平安的夢想，但日本人的性格也因此扭曲。在「不看、不聽、不說」這樣的消極小天地之中，既無法靈活變通，傲慢又膽小怕事，裝出一副明白通透，凡事斤斤計較，常與人發生摩擦的性格。不僅是性格，因為總是正座的緣故，還造就出日本人身體長、腳型卻彎曲的奇怪體質。

在今天的日本人之中，還殘存很快就放棄、事事都推託給別人的個性，抱著「胳膊扭不過大腿」的想法很快就見異思遷，甚至滿口仁義道德、卻只注重利益這種心口不一等態度，這些大概可以說是從江戶變革到東京的的過程中存活下來的人們，他們從由來已久的絕望中體會到的高深智慧吧。

生為日本人究竟是否值得祝福，抑或是不幸呢？這答案，恐怕沒有人能回答吧。但是，當我在防波堤或蟲蛀的岩礁上，望著那黑潮的漩渦時，心中湧現的「終究，還是逃不出去啊」念頭，從對於現在的日本與之前鎖國狀態幾乎沒有改變的絕望來看，我想是不會錯的吧。

無論警備多麼森嚴，比方說，即使有一道如同東西德之間的石牆，只要有任何翻越高牆的可能性，我們就有依照自我意志行事的勇氣。如果國境在陸地延續，就算前方是一片沙漠，我們也還擁有踏出蹣跚步伐的自由。

3 瀰漫水蒸氣的意象

自芒種（西曆六月五日左右）開始，日本就進入梅雨季節。據說這是梅子果實差不多開始成熟的雨季，故以之命名。過了立夏之後，盈滿的水田因植被呈現一片綠意，這時萬物正開始茁壯。南方各國雖然也有雨季，但日本的梅雨季和其他地方比起來，如果要以疾病譬喻的話，可以說是病入膏肓了吧。

所到之處，都在發霉。原本覺得應該是溼熱的天氣，又可能急遽降溫，食物很容易腐敗。卵孵化之後變成幼蟲，吃光好不容易長成一片翠綠的新芽嫩葉。榻榻米的觸感也溼溼黏黏的，廚房的菜刀，水槽的壁板，滿是肥胖的蛞蝓附著其上。

梅雨季節固然潮溼，但從秋季即將進入冬季的時期也不遑多讓。落葉和枯葉堆積，逐漸腐爛。日本房屋是以木材或竹子製造，外牆僅塗上一層泥土，原本以自然景致而言可能說得上是別有風情，但地板橫梁、柱子容易腐朽，還因為水蒸氣太多，甚至連居住其中的人，內心也又黏又滑，潮溼不已。

「正是因為四季分明，寒暑變化明顯，日本人的身心靈才能受到自然的鍛鍊。」有不服輸的人這樣說。但是，日本絕非如日本人所深信的一般，是比世界其他地方更得天獨厚、氣候更溫和的國家，這一點是不容置疑的。

就像印尼的萬隆，一年四季都像日本的十月，溫度沒有明顯變化，相當適宜人居。南歐非常溫暖，幾乎感受不到冬天的寒冷。北歐雖然寒冷，但防寒設備完善，也沒有盛夏暑氣。

將日本人心中的潮溼意象作為培養土繁盛生長的，是出現於《今昔物語》等作品中大量的佛教因果論。佛教經文的旋律逐漸變得貧寒、沒落悲傷，緊緊抓住日本人虛無的情感，一直到現在的歌謠曲旋律都還保留著。

直到江戶幕府，佛教經文轉變成帶著儒教訓誡意味的義理故事，從庶民生活開始，就連應該服膺於儒教道德的武士階級，只要談論到生死問題，也有著不依賴佛教解釋就無法安心的脆弱一面。根據佛教的釋義，現世種種的不公平是要補償前世未償還完的債，如果在今世能償還乾淨，就不會吃虧。這也是人們口中數著未整理完全的帳，亡靈蠢蠢欲動，徘徊在今世與來世的入口門檻邊喧鬧的緣故。像是盂蘭盆節、施孤等佛教儀式，向來讓人悲痛。

說到歌謠曲的主題，可以說都是與生靈、死靈之間的對話，江戶末期的傳奇[10]中，每一篇都有幽靈現身。近松門左衛門的殉情小說，主要也是描述在今世受到世間道義責備的男女，打算用殉情在來世能繼續品嘗戀愛的餘韻、這種只顧自己感受的如意算盤。專寫怪談的作者鶴屋南北，成功地將幽靈與大眾傳播媒體結合，引起話題。畫家葛飾北齋則是以嶄新的恐怖風格，挑動江戶人痲痺的感官神經。

如此一來，那種顧忌亡靈的習慣，事實上早就先將瓦解的權力、家徽、格式、老店等拋在一邊，而以日本人無條件屈服於強者的事大主義，存在於我們的心中。

除了亡靈，還有在這片潮溼風土孕育的恐怖，像《山椒大夫》這種將人當作商品的故事，《紅皿欠皿》這種虐待非親生子女的故事，或是描述老柳樹的樹精與人類男子結為

---

10 傳奇：江戶時代後期流行的傳奇小說。自寬政改革開始流行，直至文化文政時代達到全盛時期，就算到了明治時代，也以活字本的形式繼續流傳。

夫妻、為離別而悲傷痛苦的《三十三間堂脊檁[11]的由來》，描述女子執念化為蛇的《日高川》，《細川的血達摩》中血淋淋的男同志故事，抑或是《武道傳來記》中充滿復仇的內容。不論是哪一部作品，都是恐怖故事。然後，那些故事是多麼符合日本風土與生活形式啊。不論是明治，還是大正、昭和，在這些故事的背後所牽連的，竟是保有如此深厚的義理人情世界或是迷信觀啊！

例如在七月十六日，所謂打開地獄鍋蓋的這一天[12]，家家戶戶為了讓死去的手足、戰死的兒子，甚至是棲息在距今已久遠的祖先生死簿[13]角落陰影處的精靈都能享用到冷麵、茄子馬[14]與白瓜供品，就把供品從狹小的室內空間擺滿到走廊，連角落都是。於是，這些古老的想法和慣例就不會遭人們捨棄。然而，日本人持續和死者維持那樣的談判，正是和絕望結下不解孽緣的開始。因為，死者已經是死者，死者不對生者抱怨，才是最隆重的禮儀。

此後日本人的生存方式相當困難。簡單來說，日本人身上確實擁有「東洋式神祕」這種不可解的部分。像是切腹、禪坐、柔術、芭蕉的境界等等，以及，儘管具備什麼實用價值或藝術價值，都會用比事物本身更加神祕、深遠的方式詮釋，或是使用證明日本人在精神層面占優勢的道具，這些就連日本人本身也必須警戒。那些事物，只為了讓人認同日本人再度遭到世界孤立。日本人別有深意的微笑、莫名的沉默、過度的謙遜、淫酒癖，或是只要看在酒的份上一切好談的怪異風俗等，如果都歸因於是島國與水蒸氣瀰漫的風土所孕育而出、短暫無常的心境意象，那麼，日本人為了能以獨當一面的成人存活下去，必須自我反省，徹底和累贅切割乾淨，堅決拋棄。

那就是為什麼，我們必須試著檢視日本人絕望的原因。

11 脊檁：木造結構屋架上最高處的一根橫木。

12 相傳在七月十六日這天，地獄的蓋子會打開，讓身處地獄的鬼和罪人能稍做休息。

13 生死簿：記載人過世之後的法號、死亡年月日、享年等資訊的簿子。

14 茄子馬：日本於中元節時會將小黃瓜和茄子插上四根木棒，當作牛馬，讓死去的先靈能乘著它們回到現世。

二、鬍子的時代悲劇

明治的父子相剋

擁抱靈魂出竅的愚昧，
為了實現夢想的貪欲，
追逐著漸漸消散的海市蜃樓，我的心空虛悵然，
身旁時常空無一物，

啊，明明這青春年華逐漸凋零，
只知曉徬徨的自己
倚靠著公園的柵欄，站上屋頂的瞭望台，
對著落日呼喚，衷心企盼也未得到的幸運。
自尊啊。戀愛啊。一切都是二十來歲的夢想啊。

出自詩集《水的流浪》

1 有鬍子的人生

明治，是「鬍子先生」拓展勢力的時代。

官員留著濃密的落腮鬍，鬍子末端細長得像是用手指搓捻而成，金手表的粗鍊配上腰間的和服腰帶，揮著手杖，一臉不將世間看在眼裡的姿態，悠然自得地漫步。當時還是個做不出外國貨的時代，因此幾乎所有的東西都是舶來品。

身上穿著的羅紗是從英國進口的，金銀絲緞和鞋子則是法國製品，還特別加入會發出聲音的皮革，只要一走動就會發出「啾、啾」的聲音，聽起來很高貴。他們或乘坐著塗成黑色的馬車，或搭著用繩子拉動的人力車，在眾人矚目下穿梭於政府官廳間。

上至大臣下至巡查[15]，新政府的官員和軍人為了炫耀身分地位，留鬍子是最有用的。

15 巡查：根據日本警察法第六十二條規定，巡查為日本警察體系的最基層。相當於臺灣基層警察（一線三星）。

也就是說，一個人的威嚴塑造，取決於鬍子的長短，不僅代表沉穩的氣質，在面對下屬或人民的時候，更有助於瞪人時的氣勢。

擁有鬍子的人生，就是所謂「充滿光明的人生」。身為地方武士的他們，意外的很多是有品味的人，對於保養引以為傲的鬍子，可是投入了非常大的心力。

嘴唇上邊短鬚兩端直角上翹的造型，是模仿德意志皇帝威廉二世的「凱撒鬍」[16]。其他還有像拿破崙三世鬍、俾斯麥鬍、普恩加萊鬍、加里波底鬍等，盛行模仿歐洲偉人或一流政治家鬍鬚的風氣，成為具備新興日本特色的淘氣。

如同內田銀藏在《日本近世史》所述：「日本的國情世態一改原來的韻味，真實地呈現出新社會的風貌，云云。」在一切事物的形象煥然一新之中，鬍子可以說是再度扮演象徵性的關鍵角色。

遵循歐洲制度，文明開化後的日本開始與列國一較高下。另一方面，明治維新政府的開國精神就像《教育敕語》[17]內容所示，由於奉行傳統儒教所謂「東西兼容並蓄」的表面話，在忠實反映新社會樣貌的變革上，雖然並無大錯，卻讓人深刻感受到，一切仍並未改變原貌。也就是說，當初決定文明開化的關鍵一步，時至今日再回顧，反而成了不可思議的魅力。

就算是在當時來看，那也無疑的是一個刺激強烈、因好奇心驅使而熱血沸騰、彷彿整個世間的色彩感知完全改變、豔麗而目眩神迷得幾乎無法直視的時代。然而，與此同時，在舊社會完全瓦解之後，對於一般大眾而言，也是一個被迫粗略分為「能跟得上改變」與「跟不上改變」兩種群體的殘酷試驗時代。

各藩武士之中，前往東京擔任巡查的志願者是多數。那些巡查，以及猶記同樣失去生活方向、擁有武士身手的強盜，他們在深夜的濱町河岸邊浴血奮戰的光景，成為繪畫的一部分，刊登在雜誌《人情世界》中。我還記得孩提時代，從倉庫角落翻出雜誌閱讀。不論是被砍的巡查還是砍人的強盜，都蓄著好看的鬍子。

---

16 凱撒鬍：這裡的「凱撒」並非希臘羅馬時期的凱撒大帝，而是德語「皇帝」的「Kaiser」。威廉二世的御用理髮師將鬍子修剪成兩端直角上揚的造型，深獲威廉二世喜愛，因此聲名遠播。明治時期相當流行該種鬍鬚造型，也用「凱撒鬍」代指威廉二世。

17《教育敕語》：明治天皇於一八九〇年十月三十日頒布的教育文件，旨在培養學生的道德與修養。

隨著幕府瓦解同時失去生計的，不只是武士階級而已。還有原本打算接受新時代風氣，但無法成功轉換的老店商家，只能生存在舊社會體系的特殊職人師傅階層也面臨窘境。沒落的門第只得遷至一棟隔成好幾間的長屋居住；原本生活在擁有高額俸祿的旗本[18]家千金小姐被迫賣身為妓女，淪為小老婆；曾經的富商千金則是成為了身上有刺青、帶槍的強盜……這類故事，是我在剛升上國中不久讀到，或聽到的。

在那樣悲慘的另一面，善於抓住機會而得以一夕暴富的人，則是在短時間內就賺得了百萬財富，娶回華族千金，而這激烈變動的世態，似乎和昭和二十年代戰敗後的日本光景，有些共通之處。

但是，進入在我開始懂事的明治三十年代，鬍子不僅是上流社會的商人、大學教授，或是那些社會頂層者的裝飾品而已。鬍子逐漸因一般人的喜好而有變化，就連廢物回收業者，或是做日工的苦力，都開始蓄起展現威嚴的鬍子。日俄戰爭之後，蓄鬍的人特別多。

像我的義父，因為工作前往台灣時，也是特別留了山羊鬍才出遠門。理由是只要沒有鬍子就失去瞪人的威嚇作用，也攸關工作效率。

江戶時代的人們對刮鬍刀的要求相當多，講求月代[19]與鬍子必須隨時隨地保持乾淨俐落。江戶的政策曾經是無鬍鬚政策。話雖如此，但這並不代表民主。就像將軍原本打算命令加藤清正[20]刮掉他自豪的鬍子一樣，事實上等於是讓戰國武將的氣勢隨著鬍子一併落地，目的只是為了不讓武士耀武揚威。於是不論是武士或商人都不整理臉上的鬍子，滿臉鬍碴，就像人家說流放邊疆似的，看起來骯髒不已。

到了明治，當社會氛圍變成能用鬍子顯示身分之後，部分沒有鬍子的庶民，仍延續江戶以來的認知，憎恨著鬍子，加以嘲弄、當作笑話來看。

不蓄鬍的人就藉著和服的花紋、食物的味道、藝術的鑑賞、賀禮或謝禮等蓄鬍者不理解的練達作風、素雅喜好與之抗衡，有意保持無鬍者的驕傲。他們對新事物皺眉抗拒，頑

18　旗本：中世紀到近代的一種武士身分。在戰國時代，旗本是指直接受君主指揮，且是直屬部隊的家臣。江戶時代則是指，俸祿在一萬石以下，但是家格在「御目見」以上的將軍直屬家臣。

19　月代：日本古代武士的髮型。由於在戰爭中不能讓頭髮散落遮蔽視線，影響作戰，於是武士們便剃掉頭頂中前部的頭髮，露出半月形的額頭，並將後面的頭髮梳成髮髻。該髮型一直到一八七一年明治政府頒布斷髮令才結束。

20　加藤清正（一五六二—一六一一）：戰國時代武將大名。因為與豐臣秀吉有血緣關係而自小追隨他，秀吉去世後便離開豐臣家。德川家掌權後，各地大名都剃掉鬍子以示忠誠，只有加藤清正未剃鬍。

固得連碰觸看看也不願意，其實是不論哪個時代、哪一塊土地，都會存在守舊派共通的心理。就像現在，不僅是日本，歐洲各國也是，即使受到美式生活文化影響，仍有一些人打算拚命抗拒，兩者情況類似。

相反的，由於也有很多人願意逐漸接受新事物，因此，能解決新舊轉換之間、青黃不接的緩衝期的，還是時間這個要素。當全新的事物變得不再新奇，彼此就會卸下心防，不知不覺間，守舊派會認同新事物，畢竟再怎麼喜歡跑步，總有疲累的時候。在新舊衝突相當激烈的明治時代，是在歷經西南戰爭、加波山事件[21]等關鍵點走過來的。

事實上我母親的祖母等長輩，因為懷念將軍，常感嘆若是公方樣[22]能繼續號令天下，就算已經進入開國時代，也不至於變成如此混亂的世界。

但是，就算人們想再次推翻當今的明治政府，或是視維新元勳為詐欺師而憎惡著，甚至是武裝內心，他們也都漸漸地難以抵擋明治的大潮流，直到親身面臨如甲午戰爭、日俄戰爭這樣舉國上下共同面對的危機，喜憂情緒必須合而為一，不知不覺間，每個人都突然變成熱血的天皇支持者。

在我年少時代認識的老人或中年人，大家雖然都是挺過水深火熱的伙伴，但我只是因為正好生活在日俄戰爭之後的繁榮景氣，喝采著日本崛起時代的人而已，根本不曾實際經歷戰爭的痛苦，就這點來說，我和當今在高度成長的和平氛圍發展到極致的情況下，失去前進方向的時下年輕人一樣，生長在極為相似的條件之中。對於將軍的好惡之情，其實相當遙遠，甚至無緣。

深受天皇國家教育的影響，先將鬍子天皇神格化後再思考的習慣，是從年長我們這一代十年、十五年左右，當時的日本年輕人開始的。對於身為天皇子民的恩澤，不得拒絕服兵役義務這件事，我們內心雖然提不起勁，但也以不可抗力為由放棄抵抗。有的時候，害怕甚至連近親都會遭譏諷為「非國民」，因此表現出逞強的一面。

常見到出生於江戶幕府時代的老父老母，因為承受不起壓力，就利用繼承家業的長子免服兵役的規定，鑽漏洞地將二、三男送至他家做為養子，藉此迴避災難。

---

21 加波山事件：一八八四年，由激進派民權運動者所發起的櫪木縣令三島通庸等人的暗殺未遂事件。

22 公方樣：對幕府將軍的敬稱。江戶時代起，幕府將軍完全掌握大權，天皇形同傀儡。使得原本泛指天皇、朝廷、幕府將軍的「公方」一詞，自江戶時代起完全成為德川幕府將軍的稱號。

因此，後來法制修改為國民皆兵制之後，大部分的壯丁都放棄抵抗，剩下的則是祈禱著僥倖。此外，還有人過著不健康的生活消耗身體資本，變成近視，或是弄破鼓膜，就為了逃避徵兵。

甚至連平常討厭迷信的知識分子，都聽信不知道哪裡來的穿鑿附會，相信「只要藏有年紀大於自己一輪歲數的女性的三根陰毛，就能逃過徵召」這種謠言，為了自己的孩子四處奔走。千葉縣的某座佛寺，因為販售號稱能逃避徵召的神符而大賺一筆，甚至聽說連某位陸軍少將的妻女，都為了能求得一張符遠道而來。

在軍中，俗世的身分階級完全不適用。根據軍人位階不同，人類重新分組，必須絕對服從上級長官，而位居統帥全軍的最上位者，就是鬍子天皇。上級長官服從天皇旨意而下的命令，就算赴湯蹈火也須在所不惜。為此，個人的癖好、批判精神、人性或是道德觀等等，任何會阻礙軍事力量運行的東西都得排除，必須重新打造出一名單純兵力的人類。

那就是從武士，或是募兵制、傭兵等所謂特定的兵制中，在全體國民背負從軍義務的情況下，讓明治政府得以實現近代化、增強國力的原動力。果真是擁戴鬍子天皇的鬍子貴族和鬍子貴族黨羽的一大勝利。

在「國民皆兵」這個可以說是將人都變成豬隻的魔女之前，拯救日本年輕人免於恐懼的好戰友，只有「遺忘」。之所以連至親、友人都不能成為依靠，是因為他們本身也同樣是犧牲者。他們也只有「遺忘」這個手段。

話雖如此，原本驅使由人類組成軍隊的動力就不是短暫的衝擊，而是需要諸如「為了祖國」、「為了革命」這種恆常的目標。鬍子黨羽冠上的這種名目，根本就是從前的「尊王攘夷」。

愈是強推這種難以引起共鳴的孤立宣言，就愈會走上自我毀滅的道路。在列國之間，為了能用這副目中無人的姿態繼續交涉下去，除了利害關係的平衡之外，還需要更多的欺瞞。同樣地，在同胞中存活下去的年輕人們，首先必須像「尊王攘夷」的使徒般，學著蒙蔽自己，並與他人同化。

在這離島上，長久以來，小老百姓和惡質代官[23]之間苛刻的稅收與私通的生活方式從未改變。其中，庶民的態度與其說是自欺欺人，不如說已經不是欺騙，而是習得一身不可

23 代官：江戶時代，幕府直轄地的地方官。

思議的修練。拜其所賜，年輕人不論何時都能成為一頭豬，就算屁股的肉被削掉一片做成炸排骨，也不會露出任何痛苦表情的不死之身，成功讓人嚇了一大跳。

但是，如果就照單全收實在是太危險了。年輕人無法逃亡到他國或在戶籍上動手腳，只能等待著成為火腿或香腸的命運，如同在柵欄之中來回踱步的豬群，終究只能悲哀、嘆息。這和是否警覺到異狀無關，而是每個人胸前都有個用落葉與枯葉填塞的大洞正敞開，淚水連綿不絕地蓄積。

隨著新政府上台，意味著新的絕望已開始。而且，令人感到奇怪的是，那絕望乍看之下是撒了金粉的紅色，看起來像是塗上充滿希望的色彩。

孩子出征沙場　老人獨守山田[24]

對於鬍子天皇賜予的仁愛，號稱五千萬的日本庶民，就算不願意，也不得不盡一份情義。

蓄鬍的明治國家權力，產生追隨鬍子的晉升主義者。那種晉升主義者，拒絕過著如古時候的人類，既無意義又缺乏氣魄的醉生夢死生活。

的確，在江戶時代嚴格的階級制度社會中，既非門閥出身也非貴族子弟的平民之子，只能反抗，或以下剋上，立志成為大將或大臣，即使夢想著成為一代巨富也很好，旁人連讚賞其雄心壯志都來不及了，怎麼可能加以批判？簡言之，在開明的天皇治世，四民平等[25]，憑藉著個人能力，就能自由地開拓自身所希望的命運。也可以說，日本整頓出一套與先進國家相同程度的體制。

在幕府末期萌芽的自由平等精神，是指世間萬民可能掙回一出生就遭剝奪的福運，姑且可說是帶領眾人站在某種平等狀態的起跑點上。映照於先知者眼中，那一瞬間關於日本未來的海市蜃樓，是他們在世界上見識過最美麗的夢境之一也說不定。

---

24 一九〇四年，明治天皇在日俄戰爭交戰中所做的詩歌。年輕人平時身為一家主要勞動力來源，如今全都受軍令徵召上戰場。家中僅剩老弱婦孺，繼續在山邊開墾的田園耕作收割。

25 四民平等：明治初期，政府廢止江戶時代士農工商身分制的口號。

隨著開國，因技術研發而獲得聘用的外籍技師，如雕琢貝殼般精工打造出日本寄予希望與未來的「西洋風貌」，陳列於世人眼前。青年們憧憬著拿破崙和格萊斯頓[26]，熱愛閱讀山繆爾．斯邁爾斯[27]的《自己拯救自己》，燃起獨立獨行的思想。出身低下階層的人才不斷湧現。

我曾看過，出身平民的書生擺出一副粗暴地方士紳的態度，揮著被列管的機關手杖，大搖大擺地朝著在墨田堤賞花的群眾中走去，結果被警官斥責。所謂的機關手杖，是廢刀令頒布之後，放棄晉升為武士的壯士們使用的攜帶型手杖，是在櫻樹樹皮做成的枴杖上，設置雙面刀鋒的直刀機關，只要按下按鈕就能拔出刀，體現出仍眷戀著廢刀令以前的風氣。

在出人頭地的目的之中，為了達到與憧憬相悖的報復快感，時常看到一些人利用金錢接近達官顯貴，期盼能與富二代攀上關係。最著名的案例是：貧窮的菸絲販售商村井吉兵衛，成為日本的香菸大王後就迎娶從宮中退休的高貴女官為繼室。或是：從挖礦工人成功躍升成煤炭大王的伊藤傳右衛門，娶了與堂上家[28]柳原氏有血緣關係的才女白蓮為妻。

但是大多數的大眾，則是冷眼看待騶子，以及騶子代表出人頭地主義的想法。然後，對於明治時代成功者之間的策略聯姻等等，其實幾乎都是不懷好意，用讓人不舒服的好奇心注視聯姻的發展。出自於對成功者的嫉妒心，期待著他們淪為笑柄，此外對於女人們，則因她們背叛自己平日的尊敬，輕易地屈服於金錢，而投以憤怒的情緒。

雖然嘴上說著自由平等，但在明治、大正的庶民心中，仍舊難以擺脫自古以來對於高位者的自卑感和尊崇，他們其實並不樂見既有秩序的破壞。也就是說，他們基於義理人情，抗議無情的新出人頭地精神。而且，就算換位思考，儘管庶民個個都是冷漠的利己主義者，也不能容許其他人自私。雖然消極，但每次都拿為人處世那套交情或私情當作籌碼，私下串通杯葛對方的情況，其實很老套。

可是，因為難以抗衡權力，一旦演變成正面交鋒，就會害怕所謂的「因果報應」而變得膽小。

---

26 格萊斯頓（William Ewart Gladstone，一八〇九—一八九八）：英國政治家，隸屬自由黨。曾經四度擔任英國首相。

27 山繆爾．斯邁爾斯（Samuel Smiles，一八一二—一九〇四）：英國作家，原本為醫生，後專職寫作。著作《自己拯救自己》在一八七一年出版日本版，帶給當時日本極大影響。

28 堂上家：指的是具備可入朝議政資格的公卿。

像這樣，雖然表面不反抗，但在看不到的地方卻又展現出彆扭的一面，我身邊就有許多這種對於明治沒禮貌的社會萬象冷淡以對的人。

2 彆扭的人與孤獨的人

野間三徑是我國中的漢文老師。老師的父親名為野間軍兵衛，曾是某藩的兵法戰術老師而聞名。野間老師從孩提時代就接受古法教育，被嚴格地灌輸堂堂正正的漢學知識，以此為長才進入朝廷，立志完成父親的遺願，也就是將日本打造成真正的天子聖世，一生貫徹初衷，是相當難得的人物。但是，事與願違，在不見容於社會的情況下，老師決定至少將志願傳承給締造下一代的青年，這就是他成為漢文教師的緣故。

然而，他任教於當時人稱「民間貴族學校」的法國天主教會學校曉星中學，以中產階級遊手好閒的子弟為招收對象。因此很遺憾的，老師原本應能將畢生志願託付其中，卻得不到任何回應，這也是他感嘆的原因。老師的雅號「三徑」，是取自於陶淵明《歸去來辭》中「三徑就荒，松菊猶存」的「三徑」。像三徑老師這般極為認真，又希望能將孔子兩千五百年前的宏大理想付諸實現的人，可能連在當時都極為罕見。

從他的角度來看，政治家都躲在天皇羽翼下備受庇護，為個人私利而心懷不軌，世人一窩蜂學習野蠻的西洋風俗，人倫義理敗落塗地，正道早已被拋棄、不屑一顧，簡直是瀕臨末世之相。

老師的嚴父雖然是兵學者，但似乎也相當傾心於水戶學[29]，老師的言辭之間充滿氣概，只要聽他一席話，彷彿時光倒轉，重回「尊王攘夷」的過去。然而，老師的悲憤激昂未能傳遞給當時的年輕人，與現實時代有著深深的隔閡。

我在銀座竹川町的基督新教教會接受洗禮，醉心於西洋文明的光芒，基於嚮往將曉星中學視為第一志願，卻因厭煩學校採取法式的填鴨式教育與干涉，二年級開始荒廢學業。我對基督教道德理論反感，喜歡三徑老師的授課，甚至還為自己取了個「道齋」的名號。

不過，升上三年級後，我開始熱中經世學問，有點把老師當成唐吉訶德。對於學生為老師所取的「偽聖人」綽號，也只覺得幽默好笑。

但之後，我屢屢拜訪老師的私宅。那是在距離學校後門很近的遮陽處，沿著青苔覆蓋下滑溜的四、五個石階走上去，座落於角落的陰暗平房。要走到位於如同某種三房型出租房屋深處的書齋，必須先彎起身，鑽過掛滿滴水尿布的室內。那光景看起來，彷彿是集結老師對世間的憤懣不平、接連出生的孩子，以及老師因貪杯造成的清貧家境。不，應該說是老師對自己問心無愧的不在場證明。老師賢淑的妻子看上去相當憔悴，應對進退也慌張不得體，這些對於難以明辨世事是非的少年而言，也覺得相當悲慘。

老師的例子，也許不見得會成為絕望人生的範本。但只要老師不失去信念，貧乏的生活就可以說是他主動追求的荊棘路，也可以說是因為老師拙於處世的性格所致。在這世間，拙於謀生的人到處都是。

問題就在於，老師究竟過分認真到什麼程度？放棄信念到什麼程度？或者是說，老師儘管說著放棄了，仍自比為顏淵，無法完全割捨這種捨身奉獻於道的浪漫主義，打算與世間滔滔大浪抗衡，而求得一曲迴響著悲傷旋律作為人生的結局嗎？對於還是少年的我而言，還無法看得如此透澈。

之後經過很長一段時間，在我歸國之後，打算住進牛込余丁町[30]的時候，碰巧在若松

29 水戶學：源自於江戶時代水戶藩的政治思想。以中國儒家思想為中心，結合國學、史學和神道學，是推動後來明治維新運動的動力之一。

30 牛込余丁町：今天的東京都新宿區余丁町。

町的橫向大道上巧遇老師的同事國語教師水落松二郎。水落老師因為圓臉上有嚴重疱瘡痕跡，而有「硬麵包」的綽號。水落老師就連腳步都相當虛浮，搖搖晃晃地走近，認出我是他以前的學生之後，挺直身軀，用相當興奮的聲音說著：

「你，你，你知道嗎？野間啊，變得很奇怪喔。你有空的話回來學校看看啊。就是說啊，退休了，明明好久以前就不當老師了，結果還突然跑到講堂屋頂上望著天空呢。然後還說什麼有一架從美國飛過來的飛機就快要撞到他了，鬧個不停，好像被當作麻煩人物了呢。」

水落老師看起來很開心地說完這些之後，就匆匆離去了。

我總是以自身周遭的親朋好友為例，或許對於讀者而言並非那麼親切，不過就像《哈姆雷特》中刨墓的場景，用鏟子挖掘出那毫無任何情分存在的骷髏頭，我打算再度將那應該會永遠深埋的絕望與苦澀的汙點，暴露於光天化日之下，並坦然享受。

一位名叫長谷川的叔叔，和我有遠親關係。雖然曾參與過反抗明治新政府的彰義隊而成為落武者[31]，但進入明治之後，長谷川叔叔剃掉髮髻，在吉原成為宴席上助興的男藝者。長谷川叔叔一直活到大正初期，從他中風病倒到過世都照顧他的，是在淺草小島町的樂山堂病院附近經營小吃店的孫女小縫小姐。

長谷川叔叔徹底化身為男藝者，經常天真地脫口直言，對於約定好的事情也毫無責任感，記憶只停留在那個當下，隨後即忘。就算責罵他違約，但因為叔叔總是一臉不在乎，也毫無惡意，其他人只好笑著打發過去，總之叔叔就是這般即便到了現代似乎也不通用的個性。叔叔信仰瀧野川的王子神社[32]，他老人家會叫住擦身而過的陌生人說：「這是權限大人的指示，你收下吧。」隨後脫下穿著的羽織，讓對方穿上，頭也不回地離去。雖然叔叔在花街柳巷生活，但不會過度飲酒，自同樣出身於幕府時期武士家族的妻子早逝之後，也未再娶。關於叔叔的謠言一個都沒有，被認為是個怪人。

我認識叔叔時，他已經是個老人家，也不再當男藝者，在淺草的「目黃不動」[33]附近

31 落武者：在戰亂中落敗倖存、四處逃亡的武士。

32 王子神社：位於東京都北區王子本町，舊稱為「王子權現」，也是該區名為王子的由來。王子神社祭祀日本神話中開天闢地的伊邪那岐命、伊邪那美命、天照大御神、速玉之男命、事解之男命共五尊，總稱「王子大神」。

33 目黃不動：天臺宗東京教區牛寶山明王院最勝寺。

以單間房室為家，孑然一身，空間小而質樸，住家四周圍繞著牽牛花等等植物。叔叔是個相當靈巧的老人家，也會做精細的漆器修繕，以及仿效裝裱師傅的工作。總是蒐集一籮筐沒什麼價值的書畫骨董的義父，會請他幫忙黏糊紙張，或接手做到一半的陶器，因此老人家有時會住在我家。我通常會坐在一旁，一整天看著他做活。

老人家告訴我很多花街柳巷的故事，但其中夾雜著不少像是行話的用語，很多我都聽不懂。像是「鰌和鯰魚總是作威作福」，簡單來說，大概是地方的鰌鬍子下級武士和鯰魚鬍子官員，很不上道地來花街柳巷裡仗勢欺人，老人家就將那些嘲諷官員行徑的流行老歌唱給我聽，也教我怎麼唱。甚至連看到幽靈的事情也會告訴我。像是遇到在本所被抓到、應該早就過世的彰義隊頭目天野八郎，因為一直走在老人家前面，原本老人家想上前搭話，但不論怎樣都追不上，在追趕過程中天野的身影漸漸消失在晚霞之中的奇聞。還有，早就離開人世的妻子，時不時會來到房間的角落，不知為何，梳著結婚前的高島田髮型[34]，端莊地正坐著，就算再怎麼搭話，妻子也都不予回應。有時候也會感覺到妻子好像在耳邊說些什麼，但看不見當時妻子的身影。總之是稻荷大明神施恩，將妻子從冥界帶來陽界與他相見，這一點是絕對不會錯的。這類的故事，我也聽了不少次。

無疑的，老人家確實相信佛教因果論或是來世的說法，認為倨傲如平家的薩長總有一天將成為海裡的藻屑，不足為外人所道。而出賣將軍家的勝海舟，則將墜入不斷受苦的無間地獄之類的，看起來似乎深信不疑。

他雖然想連著武士刀一起拋棄這個世界，但也因為如此，對於世界更是充滿了不平不滿，全都歸咎於明治政府膽怯懦弱的施政，更極端的，連只要冠上西洋之名的事物都厭惡。像是洋服、洋食、洋娃娃、電影、電信、電話等，對他而言，討厭的東西實在太多了，以至於在這時代毫無容身之處。甚至最近還說出，對於當今天皇所做的每一件事情，他都不喜歡，所以乾脆對世上一切不聞不問，早一點死掉就最好了之類的話，讓孫女小縫小姐很傷腦筋。

小縫小姐說：「祖父開始會耍賴，大概是在辭掉吉原的男藝者工作之後。可能是覺得自己太悠閒，也沒有容身之處的緣故吧。」原來如此，或許是因為本性被擔任男藝者的專業意識控制住，直到現在才顯露出來也說不定。

34　高島田髮型：日本傳統婚禮新娘的髮型。

當然，我矛盾的地方也不少。每當我說錯話被指出來時，總是非常狼狽，相當可笑。要說前來我從事建築業的義父家作客的各方人士有什麼不好的地方，就是很高明地讓人掉進他們設下的圈套裡，緊咬著對方的痛處，並加以玩弄。雖說當時年紀小，但對於當時沒有認真和他們較勁的自己，我到現在還很後悔。因為那是在我心中留存的、少數令人懷念的人物之一。

不論是野間老師也好，還是長谷川老人家也好，明治這時代，與其只是用難以生存的時代來形容，不如說是一群將難以生存當正經理由的人們活著的時代。

但是我母親這邊的義祖父，讚岐藩士佐立七次郎的情況，就有些不同。他和法國文學學者辰野隆的父親辰野金吾等一行人，從工部省工業教育機構工學寮一起畢業，隨後踏上仕途，成為貴族院議員近藤廉平的知心好友，站穩日本建築界領導者的地位，很早就開設洋行經營，也出手協助日本郵船公司創立。正是像他那樣的人物，延續新政府開疆闢土的精神，原本就前途無限，生下來就昂首闊步走在人生康莊大道。他有著堂堂正正、六尺壯碩威武的大丈夫身材，如同當年日俄戰爭時在旅順港外與船一同沉入海中的俄羅斯將軍馬卡洛夫一樣，蓄著漂亮的山羊鬍。

那樣的他，為什麼在年富力強的人生中宣誓「我這一生不會再出現在世人面前」？也誠如宣言，他真的拒絕與人往來，關在宅邸，與世隔絕，以彆扭的態度度過往後幾十年閒散無為的生涯。雖說支撐他餘生的經濟來源是郵船公司的股利，但從他過著與當時上層社會生活不相上下的生活水準來看，看起來應該是擁有不少股分。

不過，讓他心生遁入空門的直接動機，他本人也從未告訴家人，從第三者角度觀察，似乎也不曾發生任何讓他非做出這種決定不可的事件。由於周遭的人謹守武家教養，妻子與親戚一概不過問主人的任何決定，只是安靜地遵守。他就是那樣塑造出一家之主為人所恐懼的地位。

從旁推測，可能是發生什麼不得他歡心的事情，又或是發生什麼傷了他自尊的事情吧？對於明治時代的人們而言，這種情況並不少見，是一種不明所以的鬧彆扭，動不動就遠離親友，甚至宣告與親戚恩斷義絕的幼稚行為。就算旁人幫忙和解，也只換來一句「你們這些人，我才不認識呢」，無視其他人。即使誘之以利，說之以理，也難以相處的傢伙所在多有。那種任性與耍賴之所以還行得通，不過是因為當時的丸之內還是一片原野、蜻蜓振翅飛翔的時代罷了。

然而，義祖父的情況不管怎麼想，應該都不只是那些原因造成的。我認為，他擁有與身材魁梧的外表不相符的謹慎性格，對於要在貪婪的現實社會與人爭個你死我活，似乎認為自己可能難以應付。所以，難道他不是在看透了什麼契機後，對於預料到的未來，先採取高明的放棄態度嗎？在他與人接觸時，總是一副極為謙遜的態度，反而讓我感覺到傲慢。像他那樣在宴席進行到一半就放下筷子，彬彬有禮退席的樣子，怎麼看都是一種在世間上極為重視自身存在的證明。他所認同的世界，是和野間老師定義不同的明治盛世。他修身齊家，寄託於孩子的道德觀，意外的是四平八穩的儒教觀，他所論述的，也幾乎都是義理人情。

由於義祖父是建築技師，他位於牛込見附的家是仿造當時仍很罕見的英式建築，一整面纏繞著爬牆虎紅牆的家屋中，正面的大廳有著高到能延伸至二樓的天花板，垂掛著巨大枝狀吊燈。循著玄關入口處旋繞而上的階梯後，在裝設欄杆的走廊上並列著一扇扇房門，完全沿用英式建築的設計。但是，在這直接進口的時代，居住在親自設計並建造的洋風建築主人，他四個孩子其中三個的名字：忠雄、信子、孝子，竟是取自於曲亭馬琴的傳奇作品《南總里見八犬傳》中的「忠、孝、信、悌」。

長谷川叔叔認為，明治時代並非他應該生存的時代，因此決定過著掩人耳目的生活，那正是江戶人風範的處世之道。

野間老師雖然認同明治在維新之後的發展，但對於現實仍有諸多不滿。在一面咀嚼著這份苦澀的同時，對於生活的態度確實從未改變。

而佐立義祖父，則是受惠於原本就優渥的出生環境，儘管自己很有實力，仍主動選擇放棄福分。他之所以堅持那固執又憨直的處世態度，原因應該不像前述所說，只是源自於日本人獨特的風土產生的任性使然。對於開疆闢土者散發出適者生存的殺氣與速度，總是上氣不接下氣地跟不上，義祖父應該是注意到了在體質或是氣質上的差異，才會不得不打住念頭吧。

儘管新舊更迭、明暗激烈，明治這個時代，還不到今天這般整頓完善的地步。因此，當時有許多錯綜複雜的小路和死胡同、遭遺忘的空地，或是荒野中的古井就這樣原封不動，是一個讓人們不論是在哪個角落都能生存的時代。

歷史的舞台從幕政回到王政，從鎖國到開國，國家重大方針也有所轉變，雖說是煥然一新，但他們眼中視為根本骨幹的道德，是朱子學瓦解之後的儒教。

但就算被看作是彆扭者、頑固者、一意孤行者，或是怪人也好，還有那些反抗政府或是恐怖分子也是，他們都還是能理解國家體制與元首，祈求著國家繁榮。

例如，野間老師高度肯定戰爭，視日本併吞韓國為一項快舉，感到相當開心，認為總有一天，當萬世一系的日本天皇征服世界後，宣揚王道的時機必然到來。這種對周遭國家而言毫無根據的說法，他就輕率地教導給自己的學生。這和深信自己無比美貌、實則器量一般的女人，她自認為能魅惑所有男人，讓人都想一親芳澤，沒有兩樣。

那種讓日本躍上世界舞台的不健全思考，成了日後日華事變[35]、太平洋戰爭爆發的動力，我想起野間老師說過的話，了解到原來那番說詞的由來已久，就像是中毒症狀般病入膏肓。

佐立義祖父也對戰爭抱持相同態度。日俄戰爭的時候，他因為長男尚未達到徵兵條件要求的年齡，而感嘆無法報答天皇恩德。他在日俄戰爭中，雖然留著一臉和提倡「非戰論」的托爾斯泰大師一樣的鬍子，就連過著隱世生活的這一點也幾乎一樣，但義祖父終究不是托爾斯泰大師，而是與俄羅斯將軍馬卡洛夫同類的戰爭歌頌者。

這裡所描述的案例，是對於在明治新國家體制之下，仍保有守舊意識的絕望描述。接著，我們來看看在明治時代西洋物質文化之後，終於受到引進的精神文化而重新覺醒的人們，在初期就必須全盤接受的痛苦絕望吧。

在明治時代初期引進的西洋文學、哲學、社會思想，較物質文明晚一步，約在明治二十年代左右才一點一滴地開始為日本社會接受。受到時代趨勢影響而載浮載沉的人類之中，藉著西洋精神文化自我啟發的少數先覺者，在愈是初期的階段，就愈難忍受身為先知的孤獨感，在絕望的道路上直奔而去。

就像「所謂人生，本來就是那樣啊」這句話，國家冷漠地自國外引進毫無線索可循、困難重重的智力遊戲。由於一直找不到到適切的答案，甚至有人因此自殺。

---

35 日華事變：即中國八年抗日戰爭。

明治二十七年，詩人北村透谷去世。罹病加上事業上的挫敗感，戀愛也出現理想與現實的落差，認為周圍已乾涸成沙漠等因素，這位具有基督教精神的文學青年，已經充分具備將自己逼至絕境的外在條件。就像是眼睜睜地看著放置在危險邊緣的茶壺掉下，碎成一地的殘酷、虛幻一般，伴隨著一種讓人身心暢快，甚至後勁十足的餘韻。終於覺醒的自我，那失了魂的空虛呼喊聲，逐漸消失在當時以出人頭地和賺錢為目標的周遭紛擾中。讓人容易聯想到，那種無力和絕望感，是讓他覺得無地自容的原因。

但是，對他提出的「戀愛神聖論」有所共鳴的年輕人們，從模仿這位絕望者的姿態中，甚至能感受到新時代的繁華。之後，對於永遠的女性懷抱憧憬的精神，甚至遍及日本小都市各角落的年輕世代，在性格頑固的鄉下人之間掀起一陣波瀾。

進入明治三十年代，名叫藤村操的十八歲少年從日光的華嚴瀑布上縱身一跳，厭世自殺。他在投水之地削去一塊樹幹，刻下僅一百四十字的〈巖頭之感〉。人生終究是不可解的，就是這麼一回事。我當時正好是小學三年級，就連我那與文學氣息毫不相關的家庭、尚未結婚的阿姨，都用顫抖的聲音在不正常的地方停頓，朗誦著〈巖頭之感〉，沉浸在感傷的氛圍中。這件事情讓我印象深刻。我第一次接觸到的哲學，是大眾視為逼少年走上絕路的不祥學問，但對我而言只是害怕而已，根本還談不上理解。

但是〈巖頭之感〉喚起了群眾普遍性的感動，這事件長時間成為人們的話題，藤村少年之後，陸續出現沉迷於哲學的年輕人意圖自殺，甚至發狂等等，各地的小道消息都成了報導。但是，我隱約記得，身為知識分子代表的義父，每次讀到這類報導時，都對這樣的風潮十分憤怒，還會在聽到相關話題時，一臉嫌惡地咋舌。

3 讓明治時代青年痛苦的事物

我出生於愛知縣一處名叫海部郡津島的地方，據說代代都是經營小酒家以維持生計。既貧窮又很會生的親生父母，為了減少家中嗷嗷待哺的人口，將我送給金子一家做為養子。我是在明治二十八年十二月出生，因為國家政策鼓勵「多生、多產」，讓我以人類的姿態獲得注視，至於是幸抑或不幸，拜太陽與月亮之賜，我才能存活至今日。如果我出生於現在，當然是被處理掉，在長得和蝌蚪沒兩樣的時候就直接被沖去哪裡的人孔蓋了吧。

金子一家的父親，在建築承包商「清水組」名古屋分店工作時，認養了當時三歲的我作為養子。他在外派地京都住了五年，在我小學四年級的時候，因公司業務縮編集中至本店，而回到東京。那時正是日俄戰爭結束之際，京橋與新橋都豎立起用杉葉做成、迎接軍隊凱旋歸來的宏偉凱旋門。而在現在的有樂町日本劇場附近，有旅順會戰[36]的全景圖，當時舉世充滿戰勝的氛圍。

我並不十分清楚幼時的記憶。托爾斯泰在出生的時候就擁有視力，據說他清楚地記著接生他的老婆婆面貌。這是身為小說家為了描述世間種種實態，特別領受神之使命而誕生的天賦。像我在少年時期就彷彿身處五里霧中，不僅前後錯置，就連要理解事情的脈絡都相當困難。

只是，因為我的體質虛弱又容易感冒，就算只是稍微淋一點雨，就馬上發高燒昏睡不醒。我大概從十歲左右起，對於友人，不分男女，都無法忍受彼此的關係只是單純的友情，而渴求激烈的愛情接觸。我曾在京都東山的吉田山小松林中，和男性友人裸身相擁，度過一夜。自那時以來，我對於人類肉體近似鄉愁的依戀，以及無止境的占有欲，讓我的血液週期性地喧囂著。

從那之後的我，認為這血液的躁動是自身的缺德，在其他的少年、家人，或是世人面前，也背負著不得不加以隱瞞的自卑感。於是，我為了對抗自卑感產生了虛榮心，也體會到恐怕是其他孩子從未嘗過，絕望的苦痛與悲傷。

為了加入朋友的社交圈，我在銀座的百貨公司偷了當時小孩玩耍的道具，也就是將色鉛筆、筆記本、玫瑰花、小狗等掛在牆上的「油畫」，討他們歡心，進而馴服他們。

難道明治三十年代的強烈刺激，讓成年人生活變得慌亂且失衡的情況，也擾亂了我的平靜嗎？不對，還是說，其實我原本就擁有那樣的性格，只不過是被誘發出來而已呢？恐怕這兩種原因都有吧。

父親最一開始在東京的住處在銀座三十間堀，差不多一年左右就搬到牛込的新小川町。新家是江戶時代擁有旗本身分的人的住宅，也就是自兩百年前就建立、保持原貌至今的建築，因此只要在走廊上走動，就會感受到整個家喀拉喀拉地搖晃。

我荒廢課業，和一群年紀較長、所謂的不良少年在外漫無目的地遊蕩。年紀較大的他們所擁有的情緒，和我無所適從的心情，隱約有種相互撫慰的感覺。雖然是相當悲傷的氛圍，但讓人無法忘卻。然後，那些情緒就像是紅色食用色素般鮮豔浮華，與明治外頭的悲

36　旅順會戰：一九〇四年二月八日，日本偷襲停在旅順港外的俄國太平洋艦隊，引爆日俄戰爭旅順要塞爭奪戰，也是日俄戰爭中雙方傷亡人數最多的一戰。

痛互融、合流。

那樣的悲傷，誘使我流浪。十二歲的時候，我離家出走，和同行的伙伴一共三人，一路走到橫濱。而我原本是打算直接搭船到美國去。

那是一個不論是誰都想要離開狹小日本的時代。從日俄戰爭勝利後短暫的興奮中覺醒，也因為那場戰爭帶來的消耗，反而讓人逐漸回到生活窘迫的日常。對此失去幹勁的人們便描繪起美國、滿洲、朝鮮半島，或是南方的夢。

大約一個星期的時間，我們勒著腰帶像是乞討般地徘徊，從三浦半島到橫須賀，又折返回東京。這種不正常的生活，使我染上了腎臟炎臥病在床。

在那事件過後的隔年，我進入曉星中學。陪伴了我一生的文學，就從這時起結下不解之緣。不過，我也並非一心一意專注於文學。我哀求、憎恨著文學，厭煩地遠離它，或試著與之沉溺、或背叛、欺騙，抑或是又反過來遭文學放逐，悲慘得一起像爛泥般相互交融。然後，直至今日，傳統文學仍與無法被視為文學主流的自我相互爭論，但我已經放棄，只打算見證彼此的發展到最後。

究竟是誰把文學帶進我的生活呢？以及，這樣的我，身上究竟有什麼值得期待的呢？

我又究竟是在哪裡的路邊，撿回了這個和我的家人朋友毫無關聯的文學呢？或許是那劣根性的明治搞出來的惡作劇也說不定吧。

但是，對於我從事文學，父親並不特別反對，不過那只是因為父親採取的是毫不關心的放任主義罷了。然而，我周遭的朋友都遭受父親或長輩的嚴厲壓迫，不少人走上了悲慘的命運。

所以，當我訴說著對於明治的絕望時，一定也要闡述明治末期的青年，他們柔軟純潔的悲傷絕望。

即使是我個人為數不多的經驗，在我的朋友之中，也有很多人和父親之間存在著仇人般的關係。那樣的父親，大概都是在嘉永、元治到明治元年左右出生，是從文明開化之初步調一致地存活至今的人們。儘管如此，他們仍無法揣測接棒傳承的兒子心情，只是覺得困惑，又相信自己的想法是最好的，而且固執地迫使兒子遵從。相反的，孩子的反應卻是憎惡、不斷逃避，偶爾碰面，也是紅了眼怒瞪，甚至到想殺了彼此的程度。

明明是所謂的父子，卻一直都住在無法理解彼此的世界。至少，彼此都這樣以為。父親對於不想依自己所願發展的兒子絕望，而孩子也質疑父親對自己的愛，是加諸於己身的枷鎖，束縛自由。

孩子們嚮往著都會生活，對於那些自祖先輩流傳下來，黑得發亮的木製衣櫥櫃、漆器餐具、襖唐紙、書畫，以及古風庭院的石燈籠和石臼等落地生根後的生活工具，還有種種與物品有關的回憶，都認為是難以祛除的陰鬱、沉悶之物，希望逃離那裡。

為人父者，將文學、肺結核、社會主義與戀愛等四種事物視為奪走他們手中孩子，毀了孩子人生的敵人，心態既是警戒，又是恐懼。

為人父者認為，文章寫作，是在放蕩到極致後所選擇的玩票性質工作。肺結核是愛好文學的青澀少年會罹患的不治之症。社會主義則是反抗國家、不服從者的伙伴。戀愛則會讓前途光明的青年成為瑕疵品。不論是哪一項，都絕對不能讓自己的兒子靠近。那是擁有四種面貌的魔女。

但是，對於我們這群墮落的中學生而言，文學（特別是當時受健全社會人士排斥，仍為主流的自然主義文學），只要能讓我們窺探成人的性生活，就有值得沉迷的價值。

一般認為，文學是早稻田大學的專利，因此來自鄉下、有志成為小說家的青年們，在鶴卷町附近的許多家庭宿舍[37]閒晃，也不好好地去學校上課，任由頭髮長長，擺出一臉憂鬱神情，就像是俄羅斯典型的知識分子奧勃洛莫夫等人一般。他們在長滿痘痘粉刺的臉上搽美容水，或是崛越嘉太郎商店的化妝水「HOKA液」。當時，據說學生數量多到可住到一千間宿舍，在私娼寮據點一帶到處玩樂，在這之中有意探究人類真實面的同夥也不少。不同於去年融雪的那群人，究竟到哪裡去了呢？

對比學生以為繫上角帶[38]就能裝出慶應文科的優雅風範，實則惹人厭的打扮，早稻田未來的小說家氣質既灰暗又沉重，充滿鄉下土味，像是被分泌物占據的體臭薰到要窒息。也因此，那群未來的小說家擁有一種過分誠實、專注，讓人無法忘懷的氣息。

明治末期，我到比我年長個三、四歲的早稻田生宿舍玩耍，在與他們論戰文學的過程中，我舉手投降。我們辯論的主題是艾倫坡《厄舍府的沒落》，以及阿爾志跋綏夫的《薩寧》。雖然我聽過這兩本書，但只是入門程度而已。於是，我也深深自覺，就算有心想朝文學發展，也實在跟不上朋友的腳步。我的國中同學M君，加入那夥人一起編同人雜誌，

37　家庭宿舍：提供住宿服務的一般住家。
38　角帶：男用和服腰帶，以較硬的布料製成。

也是帶領我進入這個世界的人。以此為契機，我後來將早稻田大學英文科視為第一志願。

M君告訴我，他的伙伴有許多人罹患胸疾，在宿舍咳血，最後只能打道回府。我身邊的朋友，也一個個病倒過世。像是透谷、樗牛[39]、啄木[40]、獨步[41]，也都因為結核病早逝。文學家與結核病似乎有種切不斷的因果關係：愛好文學的不健康人們染上肺結核，而容易感染肺結核的，又似乎是容易沉迷於文學的人，這種難以解釋的關係逐漸形成社會共識。不論是將文學者當作結婚對象，或是將從事文學做為就業的選項，經常會讓當事者猶豫不決。

但是，這種絕望的疾病，雖然會用混著綠色的灰色塗抹當事人的人生，但虛弱的咳嗽和刺眼的鮮血噴發，就像那射向空中的煙火般擁有短暫的純潔，留存於人們心中。

焦躁不安的文學青年，以及多愁善感少女的戀愛組合，自明治後半期至大正年間，是諸多懷抱痛苦的年輕人所憧憬的。此外，這情況發生的背景必須在湘南海岸。由於男女少有機會交往，除了朋友的妹妹或是妹妹的朋友，再不然就是在教會等集會認識的異性而已，因此戀愛在當時是相當珍貴的。當談戀愛與義理人情產生衝突的情況下，世間大概有八成的比例仍是選擇義理人情，戀愛常常遭到嚴厲的報復。

像是主張滿足本能，或是提倡「半獸主義」之類的文學者，充其量只是被當作無賴分子的放話而已，對於父執輩而言，文學家終於成為必須極力迴避的存在。漫畫家北澤樂天的《Tokyo Puck》，是以明治三十年代、常穿紅紫色袴[42]的女學生夜梅為主角，以惡作劇幽默化的形式，嘲諷《青鞜》[43]的新人女性，或是受到「明星派」[44]女詩人影響的文學少女，而深受保守大眾的喜愛。

明治初年，自由黨成立當時，雖然有夢想著發動如法國大革命的青年，但社會主義思

39　高山樗牛（一八七一—一九〇二）：日本浪漫主義派作家。學生時期曾翻譯《少年維特的煩惱》，政府曾派任他前往歐洲留學，但因結核病最終未能成行。

40　石川啄木（一八八六—一九一二）：日本詩人。前期的詩風是浪漫主義，後期面對明治政府則以批判現實。打破日本短歌單行的限制，創造出散文式的短歌形式，為詩歌界帶來革新。

41　國木田獨步（一八七一—一九〇八）：日本小說家，詩人。是自然主義派的先驅，代表作為《武藏野》。

42　紅紫色袴：當時女學生的穿著。

43　《青鞜》：創刊於一九一一年九月，是日本最前衛的女性主義雜誌之一，也是日本最早仰賴女性力量創辦的女性雜誌。

44　明星派：日本新詩運動中以《明星》雜誌為中心所形成的流派之一。由詩人與謝野寬創立的新詩社刊物，創刊於一九〇〇年，結束於一九〇八年，是新派和歌運動與近代浪漫主義詩歌運動的中心陣地。

想最初的根與土壤性質不合而枯萎了。幸德秋水[45]繼承中江兆民[46]的平民思想，在日俄戰爭爆發的前一年成立平民社。在戰爭中，像是要呼應內村鑑三等基督教徒的立場般，對於當時在激烈戰爭中陷入瘋狂的大眾，社會主義者彷彿提水去撲滅大火，開始出現反戰論。明治三十九年，幸德秋水與堺利彥已經翻譯了《共產黨宣言》。社會主義者被當作國家的反叛者、受詛咒的人們，且不得接近良民，這些規定並不只是政府當局的意向使然。接連受到兩場戰爭的煽動，接近狂熱的輿論，也向政府提出協議。為人父親者，怎麼可能滿懷喜悅地看著兒子逐漸走向危險的斷崖？人們覺得，社會主義者就是詛咒世界的結核病患者和自暴自棄者逐漸墮落的未來，或是破壞時下權力與制度後，大叫著「痛快啊」的一幫狂人。畢竟在人們腦海中，對於向俄羅斯皇帝亞歷山大二世的馬車丟擲炸彈的「人頭黨員」，有著如同鬼魂一般恐怖又凶狠的印象。或者他們會以為，囚犯或生活於底層的人類在重見天日後，將顛覆既有的社會秩序，破壞安定的日子。社會主義者的存在，甚至連住在貧困的合住長屋、藉著革命爆發有一絲喘息機會的同夥都感到恐懼。

要說服那些自卑本性早已深入骨髓的老百姓，需要長時間的忍耐與等待。但是明治四十四年爆發的「大逆事件」[47]判決，對於醉心於外國文學、理解社會主義的軟弱文學青年而言，是相當震撼的事情。

站在父親的立場，為了不讓兒子的青春接近那四個陷阱，這層憂心確實是人之常情。但是，未能妥善處理憂慮的結果，就是完全暴露出明治人的不成熟。那真的是不忍卒睹的愚蠢。也就是說，總是刻意避開交談的機會，反而容易落入眾人最為害怕的殘酷烏賊戰。然後，父親對於無法如其所願發展的孩子冷淡，孩子則因為是孩子，對於頑固不通的父親也感到絕望。而那些絕望，果然很有明治精神，並且以一種死板的形式被眾人理解，對於肢體接觸十分冷淡，光是如此，心裡既是酸楚又覺得疼痛，那無法被滿足的空隙，則是由用心與忍耐般的內斂悲哀填滿。

45　幸德秋水（一八七一—一九一一）：日本明治時代的記者、思想家，也是當時社會主義運動的先驅之一。一九一〇年因為遭誣陷刺殺天皇，遭政府當局判死刑。

46　中江兆民（一八四七—一九〇一）：日本明治時代思想家、記者、政治家。曾翻譯盧梭《社會契約論》而有「東洋盧梭」之稱，為當時自由民權運動的理論指導者。

47　大逆事件：又稱「幸德秋水事件」。一九一〇年五月，一名鋸木廠工人意圖暗殺明治天皇未遂。之後政府以此為藉口，鎮壓日本的社會主義運動。日本社會主義先驅幸德秋水被誣陷為意圖謀殺天皇，而被判處絞刑身亡。因為該起事件，日本社會主義運動遭受嚴重打擊，暫時轉趨低調。

父親們總是希望擁有一個能討論未來的優秀繼承者，雖然難過自己遭到背叛，但也冷淡放手。那正是傳統人形淨琉璃中最高潮的戲碼。然後，為了掩飾彼此因難以理解對方而挫折著急的疏遠感，就轉而用輕蔑與恐懼的態度面對彼此。父親大抵而言都是比較落後於世事變化的，他們的理解頂多停留在碩友社[48]那年代的人情倫理，但為人子者，卻悄悄地跑在前方，就像契訶夫《熊》的主角格里戈里．斯米爾諾夫，即使他明白據實以告將眼睜睜地走上不幸與毀滅之途，仍深受這時代必須忠實的氛圍所擄獲，成為追隨者。他們以年輕為傲，認為那是難以用金錢買到的珍貴。

柳柳瀨直哉是我相當親密的友人之一。他是出生在岐阜縣垂井車站附近的豪門次子，從國中時期就過著放蕩不羈的生活，外表看起來相當輕浮，實際上性格卻很陰沉。他在文學方面的興趣是創作短歌，然而他為地底的螻蛄等生物吟唱的歌曲又擁有極為陰暗的意境。當我問他：「你究竟是從哪裡表露出那麼陰暗的一面啊？」他回答：「或許就是因為這片土生土長的風土文化喔。」

我拜訪他位於岐阜縣的家中，待了大約一星期左右，坐在池邊欄杆上和他一起生活的那段回憶，至今仍印象深刻。可能正好是梅雨季的緣故，鋪滿鞍馬苔的柔軟庭院像是燃燒白磷後形成的魔性亮光。被當作艾草的伊吹蓬綿延蔓生，冬季自伊吹山吹落的風刺骨寒冷，附近就是關原之戰的古戰場。他竭盡所能地滿口痛罵自己的出生地。

大概是在他家逗留的第四天起，柳柳瀨和父親發生嚴重爭吵。他雖然有任性的一面，但本質相當溫和，因此讓人不敢相信，那激烈的反抗怒吼究竟是潛藏在他體內何處。爭執起因是他父親希望他能留在家鄉，由於家中長男已經在關西地區任職，妻子也過世，他父親因為寂寞，希望他能留在身邊。其實我相當理解他父親的心情，因此我內心也難以傾向哪一邊，只能居中擔任安撫雙方的角色。

在他父親說出「絕對不會寄一毛錢給你」之後的一個星期，他就離家出走了。我和他到了大垣、養老附近邊玩邊走，再回到東京。雖說如此，我還是第一次目睹父子間那樣激烈的言語爭吵，至少我是相當驚訝的。

---

48 硯友社：這裡應該是「硯友社」的筆誤。硯友社為明治時代的文學團體。由尾崎紅葉、山田美妙等人創立於一八八五年，刊物為《我樂多文庫》，推崇寫實主義，主張小說的宗旨是「贏得讀者的眼淚」，追求形式美，比較不注重作品代表的社會意義。山田離開硯友社後，雜誌於一八八九年停刊。尾崎紅葉等作家繼續活動了十多年，成為當時日本文壇的重要派別，這一時期被稱為「硯友社時代」。

一回到東京，他就與供膳宿舍附近的裁縫學生談戀愛，兩人一起隱居，在我旅行到外房州[49]的期間，我拜訪了女方的老家熊谷，和據稱是她哥哥的人見了面。於是當場決定過戶事宜後，我飛奔至岐阜縣，說服了柳柳瀨的父親，並告知他脫離家族戶籍的事情。在乳臭未乾的我面前，柳柳瀨的父親毫不隱藏地吐露了自己的真實心情，對於一個男人而言，要他放手一手拉拔長大的兒子，實在難以忍受。他就像是淨琉璃的主角般，雙肩因男兒淚而厲害地顫抖。年輕的我首次窺看到，逐漸不再坦誠以對的人類之間最沉痛的傷口之一。

從他父親那裡聽聞的「文學詛咒」，和我的認知有些不同。柳柳瀨厭離塵世的真正原因，是不知不覺間早已侵蝕健康的胸疾，結果二十歲左右就過世了。他和裁縫實習生的妻子生下一名女孩，名叫「美子」。如果那女孩現在還活著的話，大概也是五十歲的婦人了吧。那種超出一般青春期認知、將自我逐漸逼上毀滅的情感，打亂了現實的規畫，雖然在目的地留下了荒廢的痕跡，但不論再怎麼認為不公平，如果沒有因果報應的話，也就不存在補償了。僅是些微遺忘，對人而言也只是一種慰藉。

前島宗德的情況，更是無可救藥的一例。他家世代是藤堂家的儒者和醫官。他父親則是在伊勢灣邊寒村的小學擔任校長，但為了挽回家道中落的態勢，他父親志願前往位於朝鮮北部端咸鏡北道的深山小學任職，可領到高出當時三倍的薪俸，並帶家人一起過去。

身為前島家長男的宗德則是留在日本，進入早稻田大學政治系就讀。但是，他在大學時代深受尼采的吸引，決定轉系攻讀哲學，他以信件通知在朝鮮的父親後，隨即收到強硬反對的回信。哲學之類的科系，不行就是不行，如果不回心轉意的話，那麼家中也不再供應他學費。宗德為了說服父親而前往朝鮮，在大雪紛飛之中抵達父親居住的深山。

父子倆一碰面，就開始激烈的言語爭執。而且大概因為黃湯下肚使得怒氣更盛，他父親不分青紅皂白，一站起身就抽出日本刀，脫鞘的刀面閃爍著白光。他父親咆哮著說，他會先殺掉宗德再切腹自盡。母親出來護住宗德，妹妹則是嚇得趕快拉著哥哥，在雪深及小腿的雪地裡飛奔而出。原本長途跋涉回家的宗德，就這樣一刻也不停歇地下了山，坐著長途火車，又回到了日本。

宗德一語不發，食不下嚥地面對宿舍的牆壁，開始胡言亂語自己是超人。之後去了關

---

49 外房州：現在的千葉縣周邊。

西，沿著丹波路徒步走了北山一圈，和服的袖口、下半身的袴服都殘破不堪，經過一星期之後才回到京都城鎮上。在夷川警察的護送下，根據他手持的信件，聯絡他的親戚Y氏，很快地Y氏就趕出門接他。Y氏認領宗德回家後，就先暫時讓他回自己住的地方。當時，宗德和常人並沒有什麼不同，只是變得相當多愁善感，有時因為擔心妹妹而哭泣，也常說自己「已經沒救了」這類軟弱話語。

隔天，親戚帶著宗德到醫院，當醫師開始診察的時候，他突然抓狂。當宗德一被監禁在單人房中，就開始不斷用頭撞牆，大家阻止不了他，他撞得頭破血流，甚至露出清晰可見的白色頭骨。入院第十天，宗德在醫院死去。他從離開父親居住的朝鮮後，一直到臨終前都沒能再見上最後一面。這位宗德，是我其中一位近親。

自那之後，前島一家人有將近十年居住在朝鮮的深山中，在積攢了一萬日圓之後，再度回到故鄉伊勢。而宗德的其中一個妹妹，儘管已經到了女大當嫁的年紀，卻因為無法根治的夜尿症，婚事告吹，最後服毒自盡。年紀較小的妹妹則是嫁去木曾，但受到小姑欺負，想回娘家卻被封建思想的父親擋在門外，最後被親戚收留，結果也病死。

從典醫[50]時代起代代相傳的古宅庭院，四周圍繞著略微高起的小山丘，在那山丘上聚集著先祖靈魂，並列著各種奇形怪狀的石燈籠，在月光的照射下，燈籠彷彿生物般怎樣都打不倒，也似乎會不斷地向人搭話，形成一幅奇幻的構圖。

前島家老夫婦在太平洋戰爭開戰前不久過世。老母親只要到了夜晚，就會爬上山丘為石燈籠點火。點燃之後，總會吸引大隻飛蛾聚集，她相信那些燈籠中存在著宗德和兩個女兒的靈魂，於是就像子女還在世時對他們說話，和他們聊天。從那片山丘上，穿過松林，映入眼簾的是開闊的海洋，從遠方就可清楚看見在二見海岸點點閃爍的火光。老夫婦接連過世之後，住宅就拆除了。

但是，希望諸位千萬不要誤會，以為代表社會偏見縮影的頑固老人和完全聽從丈夫、不論對錯全交由丈夫決定、可憐楚楚地彎著腰像老舊手巾般的妻子，他們只是受到古老觀念的束縛，絕非有意要造成失去孩子又失去一切、賠了夫人又折兵的結局。我們還必須考量到：生活在階級制社會中無法想像的全新機會和平等的自由競爭，讓明治時代的父母心中充滿對兒女高度期望。

正因為如此，孩子們無視於父母的利己主義時，父母的悲嘆就會更加強烈。並且更深刻感受到對子女的教育責任，甚至認真還會思考：「讓優秀的孩子變成一個廢物，對天皇陛下實在抱歉。」這樣的思想能在為人父母者心中逐漸擴散，不得不說是明治時代教育的成功。

明治時代的父親，讓明治時代的青年備感痛苦。但是，還有一項因素是讓明治青年痛苦的。那就是新入列的、名為「戀愛」的神。在這尊纖細的神明面前，青年究竟該如何採取行動，心裡也沒有個底，不知所措，甚至經常採取異常、唐突又詭異的絕望行為。我一位年輕氣盛、任性妄為的朋友千家幸麿，他的悲劇也是其中之一。

身為出雲大社的社主，官拜司法大臣的男爵千家尊福[51]宅邸，就在我那位於牛込新小川町的家附近。和我家一樣，千家尊福宅邸從江戶時代至今從未改建。有著古城櫓門，緊接著是一排裝飾窗戶的長屋，穿過馬廄正對著的是旗本屋敷，在早晨或其他時刻，若正巧經過外牆，經常會看到留著漂亮白色長鬍子的尊福翁一副要出門的裝扮，站在矮階上。

千家長男元麿，後來以「白樺派」詩人名聞天下，而和我有交情的幸麿則是他弟弟。

幸麿有近視，特徵是上唇看起來不太平整，使得五官有些尖銳。容易激動血脈賁張的個性，與其說是明治人的血氣方剛，不如說可能是繼承了千家一族的血緣。我和幸麿是在弓道場認識。而我和狩獵官岡崎子爵、新潮社的中根駒十郎，與小說家加藤武雄等人關係密切，也是因為這間弓道場。

我和幸麿有更進一步的交情，是從千家的狗開始的。當時接獲千家的狗正遭到人道捕犬者追捕的緊急通報，右手正要拉弓的幸麿，就這樣光著半邊的肌膚飛奔而出，而我緊跟在他身後，也以同樣的姿態奔跑，並與捕犬男子正面對峙，在千鈞一髮之際救出狗。

幸麿帶我去他家，途中買了一包餅乾。不經過主屋，直接帶著我進入門旁的長屋內。那是約莫三個房間拆掉紙拉門相連而成、鋪著破舊榻榻米的荒廢房間。他一坐下來，就開口一一叫了名字，一些男孩跑了過來，在他面前畢恭畢敬地跪著。於是，伸出兩手交疊的男孩手上就多了一片片的餅乾。那是他的弟弟們。

51 千家尊福（一八四五—一九一八）：日本宗教家、政治家。千家歷代為出雲大社宮司，千家尊福繼承社主，也是日本元老院議官、貴族院議員，也曾任埼玉縣知事、靜岡縣知事、東京府知事，官拜司法大臣，之後出任東京鐵道株式會社社長等職位。

看起來弱不禁風的女子對他喚著「少爺、少爺」，像是在輕聲斥責些什麼，但幸麿只是「嗯，嗯」乖巧地頷首。那就是他的母親，是被父親染指的女侍，以妾的身分擁有長屋中的一間房，而孩子們以幸麿為首，將母親當作女侍對待，甚至連稱謂都省去，直接稱呼其名。那道封建思維形成的隔閡，是難以撼動的家法訓誡。對我來說，那是無法想像、印象相當深刻的光景。

當我一和幸麿熟識，他就希望我能聽他說些事，於是我們商量起戀愛問題。事情起因於一位背叛他的女孩須磨子。她住在芝那個區域。他接到那女孩子的信，信上寫著：「因為被家人責備，沒了心思，除了嫁給其他人家，別無他法。雖然很悲傷，但請放手吧。」於是幸麿從牛込坐著人力車跑到女孩家中，不等其他人引導，他瞪視女孩的母親和家人，直接進入她房間。女孩太過驚訝想要站起身，卻被他扯住辮子，拽倒在榻榻米上，雙膝跪地。他哭罵著女孩的背信以及不貞，對於她母親的哀求道歉，則是直接回踢一腳後回家。

他邊哭邊說著這段經過，從眼眶裡落下的淚水滴入火盆中，滋滋作響。千家的家世雖然顯赫，但我知道他們家相當貧困。他說，女孩的母親為她談了一段有錢人家的姻緣之後，她的心就變了。如果那女孩的心性尚未墮落，應該會反抗她母親，離家出走吧。他是這麼說的。我雖然只是點頭不做回應，但對於早就主張虛無主義[52]的我而言，他能那樣單純地相信一個女孩子，以及會因為無法信任而憤怒的男子心情，都是與自己無緣的情緒，因此我某部分是相當羨慕的。

最後，千家幸麿大概在半年後才脫離情傷。這次，他則是向我不斷重複自己極其厭惡那些上流家庭，或是擁有爵位者家庭的醜陋、放蕩不檢點的行為。其實除了他們家之外，貴族子弟因為接觸到自由思想，討厭貴族風氣而離家出走，或是因為談自由戀愛而反抗家人的事蹟，其實相當引人注目。

明治時代逐漸接近尾聲。由於幸麿極力推薦，我們和弓道場的十四歲女孩小花一共三個人，一起前往二重橋，參加為明治天皇病情早日好轉的祈禱者集會。二重橋前聚集了不少人盤坐在地上，幾乎看不到地上圓石。雖然人群中也有青年或是少女，但大多數還是過了中年的人們。每個人念著祝禱詞，唱誦著經文，或是日蓮宗的七字經「南無妙法蓮

52　虛無主義：哲學思想。認為這個世界，特別是對於從過去到現在的人類而言，並不存在意義、可理解的真理與真正的價值。

華經」，其中還有裸著身子在肩膀與手肘上豎立著數根蠟燭的人，像響板一樣拍打身軀的人，或是數根長長的針插在膝蓋上的人。他們大聲喧囂，朦朦朧朧，呈現出一種異樣的怪誕光景。

簡直就像是印度教狂熱信徒的苦行修練。我只要一想到這就是報導上寫的「民眾發自內心的至高誠意淹沒了皇居前」，就覺得這愈是顯現出日本人的本性，我只想趕快逃離這樣陰暗悲慘、如同暗黑大陸活人獻祭的祈禱，打從心底讓人恐懼的氛圍。

小花像是等很久似的，聽到我這麼說立刻舉雙手贊成。但是，讓我震驚的是，幸磨很堅持要留下來，平靜地做著祝禱，而且會努力到隔天早上，完全無動於衷。戴著眼鏡、狩獵帽，穿著羊毛織袴的幸磨，呈現蓮花座姿勢盤坐在白色圓石上，閉著眼睛，一動也不動。

以虛無主義旁觀者自居的自己，完全領悟不到幸磨體內身為明治人的烈火究竟有多猛烈。

最後，在明治天皇葬禮尚未結束之前，幸磨在品川附近和一名女子跳軌自盡。那名女子的工作是在撞球場當開球者。

為了能深入了解幸灣的心，必須試著從明治人的女性觀切入思考。

明治時代，就像要求臣民對天皇忠誠一樣，也要求女性單方面對男性保有貞操與淑德，而且社會要求女性的標準，就像《金色夜叉》[53]中貫一責罵女主角鴫澤宮一樣，鴫澤宮被貶低為「賣身的女人」。甚至為了要壓抑女性的自由，還用上法律規範。

當時，學生的宿舍費約八至十二日圓。一般上班族第一份月薪約是十五至二十日圓，儘管如此，就算兩人結婚，也不會有坐吃山空的情況。既然沒有戀愛的機會，那麼就不存在交往結婚的選項，因此當時的婚姻，大概都是長輩或親戚，也就是所謂的媒人幫忙撮合而成。但年輕人倒是擁有僅透過照片或相親，選擇個人好惡的自由。

當時也引進很多電影，從明治末年開始，日本人開始喜歡模仿西洋人談戀愛的模式，雖然知道擁抱、接吻等姿勢，但在日本社會，男女之間仍會顧慮大眾目光，在街道上，兩人之間必須保持三十公分以上的距離行走。光是緊貼著彼此走在街上，就會被坐在長板凳上乘涼的年輕小伙子嘲笑一番，或是被路人咋舌。就連巡查都會過來盤查身分，因此兩人

53 《金色夜叉》：尾崎紅葉的小說。

必須瞻前顧後，確定四周都沒有人才會手牽手。

當然，女性也被要求必須是處女之身。除了正式結婚的夫婦之外，男女之間的交往都是奠基在輕率的觀念上。

在三浦半島的漁村中，只要聽到有溺斃者，年輕人總是歡呼著划船靠近，如果是年輕女孩子的屍體，就會拖到岸上輪流姦屍。如果是男性屍體，則是嘖了一聲後丟回水裡。如果是殉情，就會解開綁在一起的兩具屍體，只帶回女性。還曾經發生過在輪姦的過程中，女子突然甦醒的事情。他們從未想過是對遺體的褻瀆，只是單純將殉情與自盡視為惡行，以此為出發點的行為，自然也帶著懲戒的意味。

雖然要求女性必須是處女，但男性則是因為前輩與同事的強制要求，就算再怎麼不願意也被連拖帶拽到酒樓，讓娼婦破除童子之身，看年輕人困惑為難的樣子當有趣，等到一舉變成「真正的男人」之後，就會受到極力讚揚。就像是明明沒有學過游泳，但直接被大家帶到海邊下水，享受那種不得不學會的感覺一樣。

就算結婚了，男人也只是安分一陣子，就開始夜夜沉溺於酒色，直到深夜才回家。藉口是朋友之間的交際或是待客之道，甚至還編造出攸關未來發展的名堂。明治的社會風氣正是如此，要是男性無法忽略妻子的感受，就會被其他人貶低為沒出息的妻管嚴。過去，據說新人在婚禮上喝完每一杯酒後，新郎倌必須從刀鞘中拔出大刀，對準新娘的鼻尖說：「如果未來有任何不忠貞的行為，就讓這把刀決定妳的下場，沒有意見吧？」逼迫新娘發誓。他們彷彿武士，將那種單方面必須受到性命威脅的不公平誓約當成純潔之物，作為說嘴的題材。

我的朋友，在印尼泗水發行日語報紙的M君，在婚禮結束，新婚夫妻第一次兩人獨處時，就把話說白了：「我是個愛喝酒的酒鬼。我幾乎不會在月亮還亮著的時候就回家睡覺。這習慣我戒不了，也不想戒。如果有任何不服氣的話，在結為真正的夫妻之前，我們此刻就離婚，妳直接回家吧。」因這番直白宣言而受到驚嚇的新婚妻子，就在無法完全接受新郎的想法，又認為已經到這地步回不了娘家的情況下，只能遵從。

結果，從新婚後的第二天起，新郎就流連於茶屋，兩、三天沒回家。關於這一點，周遭人不僅不斷讚賞M君是個幽默風趣又有男子氣概的人，還將M君那位從頭到尾沒一句反抗，只是待在家中養育孩子長大的妻子當模範，成為其他男人斥責自己的妻子時用來舉例的對照組。

明治確實是男人的時代，女人則是用男人獲得的報酬來滿足。這樣看來，女人倒是能淋漓盡致地利用這負面的面向，緊緊纏住男人，就能迴避掉一切煩瑣的個人責任，而這也是事實。但是腦袋比較不好的女人，就得吃盡所有的虧。

明治的男人也有理想的女人。一開始是浮世繪繪師歌川國貞筆下的長臉演員，之後逐漸偏好瓜子臉。例如大正第一美人藝妓「散髮阿妻」、竹本清寶這樣的藝妓臉蛋，或是像九条武子的貴婦人臉蛋。明治後期，一般男人喜歡的類型如林家的萬龍，有完美的雙下巴，厚實的圓臉，就像女學生的臉蛋。到了大正時期，幾乎都認為最漂亮的女人，是羅塞蒂筆下臉龐線條分明、所謂的希臘型美人。

總之，男人的喜好並沒有太大的改變，他們不認同個性美，明顯看得出男性偏好能匯集各方面的典型美才是美的想法。女人對於男人的審美觀，直到明治初年仍延續江戶時代對於男人的標準，就是像女人柔弱、皮膚白淨、下巴戽斗的臉龐，或是有些滄桑、帶著威嚴氣魄的淺黑膚色長臉，不過其實哪種類型都是以歌舞伎演員為範本。之後，大概是因為強烈受到異國電影中男演員的影響吧，女人對於男人的理想型開始有所轉變，最重要的條件是，必須擁有熱情而深邃的眼眸、外國人般高大的身材。

男尊女卑雖然是一般現象，但也有例外。我遇過一個例子是，大概是在明治二十年代初期，或是再稍微早一點的時候，在洋行工作的朋友之中，深深受到某國文化的女性主義影響，從此成為一輩子都無法脫離此思維的老學者。他的情人嫁到其他人家過世，從此他的心中就抱著那女人的幻影，孤獨終老。

那如同基督教般的純愛精神，在教會學校學生之間，成為日本嶄新的詩歌精神傳承下來，就像地下水廣為流傳。於是，明治末期的年輕人之間，開始形成一股痛苦的氛圍。他們保護著明治時代屬於日本的一切，又厭惡具有日本特色的一切，從天干地支開始，反抗陰鬱的江戶時代迷信，反抗那些只看徵兆好壞決定的結婚儀式，也反抗以性欲做為男女的結合。深深吸引當時女學生和中學生的是：脫離動物性的肉體交媾，追求精神層面上更加潔淨更加激烈的結合，也就是柏拉圖式戀愛。

必須是在距離神最近、象徵永恆之愛的場所，才能陶醉在彼此連手都不碰，兩人面對面四目交會，兩顆心就能合而為一的想法，以及體內不斷顫抖的感動。這種柏拉圖式戀愛，在日本長老教派的年輕信徒中受到歡迎。但是，反推回去思考，其實這些思想，和中世紀騎士精神下女性觀的英國清教徒主義、德國浪漫主義對於永恆的憧憬，並非存在宿命論的前世注定。也就是說，處女與童貞不過是一種故弄玄虛，隨著他們的年齡成長，與其放下看到一半的書起身離去，不如當初就毫不戀棧直接捨棄，才是常理。

但是，隨著每個人的性格不同，那段時期可能是危險的。有遵循柏拉圖式戀愛殉情，就這樣兩具純潔的身體一起過世的例子，也有獨自死去的例子。為了讓他們的純愛能存續更久，他們感受到日本風土民情與人類社會實在太汙穢，也太過令人絕望。可以說，就連柏拉圖式戀愛也太過死心眼的這一點，是遵循明治時代的作風吧。

三、歐洲的日本人

大正知識分子的希望與幻滅

看啊。
看啊。
看啊。
在籬笆對面的
深處隙縫亂舞的流星。
但是，那並非落座的星宿。
而是從真摯的鬥爭逃出來，
逃離生活常軌、
指向圓頂蒼穹、
實則華麗墜落的人群。

出自詩集《鮫》

1 天皇的肖像

淺草的圓形水池一直到昭和戰敗後都還在，但之後就填平了。淺草花屋敷[54]成為孩子的樂園，留存至今。面向花屋敷的那一側並不深，並列著四到五家小店面，光是那一區，就銷售著各種天皇的肖像、天皇與皇后並肩的肖像，以及皇室一族的掛軸或裱框畫。

雖然說是肖像，但並不是照片，而是捲起易於吸收液體的紙，變成像筆一般的擦筆，畫出如照片般的繪畫，再用濃豔的顏色上色變成版畫。繪畫的技巧如果不夠好，筆下的美男、美女反而讓人留下扭曲的奇異印象。如此一來，甚至會讓人以為是對皇室的不敬。雖然裱裝也是用廉價的紙，不過價格原本就便宜，也無可厚非。

淺草從以前就聚集了捲起紅色毛巾、從鄉下上京遊覽的人，因此那些傢伙在看到與國

54 花屋敷：一八五三年開設，是日本最早成立的遊樂園，一度被拆，一九四九年重建。

家相關的禮物，都懷著敬重與謹慎的心精挑細選，其中皇室肖像賣得特別好。肖像看起來粗製濫造，和淺草如同巴黎蒙馬特般的風情相吻合。至於倚靠在店門口圓竹型欄杆望向遠方的，是翹掉國三學業、在淺草一帶閒晃、漫無目的遊走在路上的我。

那時的淺草，至今仍如同幻燈片的玻璃繪畫，在我的視網膜裡留下上了色的照片。我很常坐在池之島的人造岩石上打發時間。池塘的對面，有青木一座和江川踩球一座[55]。店頭有五、六名穿著緊身衣的少女，細膩且靈活地動著肥厚的腳趾，一面試著找到球體的平衡點，讓看得眼睛發直的客人停下腳步。極為貼身的桃色緊身衣，包覆著大腿和小腿肚等部位，以那個時代而言，可以說是將色情主義發揮到極致的表演。

在池塘的一角，是明治初年用紅色磚瓦推砌起、宛如包莖形狀的「十二樓」[56]，如同淺草的地標般矗立。沿著燈塔般的螺旋階梯往上，直到走上十二層樓頂端的過程相當辛苦。站在有屋簷的階梯上繞一圈，可以清楚看見整個東京的樣貌，也有望遠鏡供出借。如果是晴朗的天氣，甚至可以清楚看到廣闊東京灣綿延至彼端的安房、上總，因此登上這座樓的遊客絡繹不絕。如果是風大的日子，會感受到塔樓搖晃，不是錯覺。

爬上「十二樓」，可以瞭望本所、葛飾、佃、羽田的青霞等地，成了我的生活樂趣之一。淡島神社的石龜雖然現在還在，但不復見那群為了參加忌針節[57]而穿上黑領、赤腳踩著木屐的美麗女子。神社裡，因樹叢繁茂而潮溼的空地，並列著占卜的店，也有兩、三頂提供快速拍照的帳篷，照相館老闆站在外面招呼客人。玻璃板的照片會裝進桐木箱中，交到客人手上。一想起那幅肖像掛軸，連帶也勾起我關於當時情景的回憶。當時的天皇，就是那留著濃密鬍子的明治天皇。然而，儘管明治時代已過，大正時代來臨，天皇的肖像也在不知不覺間從明治天皇變成大正天皇，但這件事情，我好長一段時間都不去注意。由此可知，當時是一個發生了諸多變化的時代。

明治天皇的喪禮結束後，大正天皇的時代隨之來臨。明治天皇對於國民而言，是位相當有威嚴的天皇。光是如此，就可以說明明治天皇背負著太多的寄託。大正天皇從還是皇

55 青木一座和江川踩球一座：自明治三十年代起，淺草地區最受歡迎的少女踩球曲藝團，常在各地方巡演，直到明治四十二年解散。

56 十二樓：又名凌雲閣。自明治一八九〇年至大正後期存在的十二層塔狀西式建築，在關東大地震因受損嚴重而拆除。

57 忌針節：每年十二月八日，是供養縫針的日子。對於江戶後期的女性而言，最重要的技術就是針線活，會在這一天將過去一年來折斷、受損的針拿到淡島神社供奉，祈求自己未來的縫紉技術更上層樓。

太子的身分時，健康狀況就不是非常理想，這位年輕的天皇出生之後，事實上大家都相當憂心日本的未來。

但是，明治的齒輪仍全力運轉，因此人民了解到，如果能堅守明治的遺業，應該還能撐得下去，在未扛起重責大任的天皇統治之下，大正人民恢復了明治不存在的某種樂觀個性。儘管說是大正人民，但並不全然指在大正年間出生的人。這裡是指：出生於明治，在大正時代長大成人，生活得有價值的人們。

大正天皇是一位不幸的天皇，自從登基之後，就因病待在葉山足不出戶，由之後即位的昭和天皇先行攝政，代理天皇執行公事，而大正天皇就這樣英年早逝。對於國民而言，大正磨去了明治的剛硬稜角，有了較為圓融的氛圍。不僅如此，對於部分有產階級以及文化人而言，大正是個會將西歐的人文主義隨時掛在嘴邊，興趣與享樂也相當豐富，可以說就像是包裹在既蓬鬆又柔軟的蠶絲裡的時代。

而且，隨著第一次世界大戰在一九一四年開打，直到一九一八年結束為止，日本因為是跟著協約國，僅需派遣少少的兵前往青島，可以說幾乎沒有任何損失。日本反而因為第一次世界大戰爆發，必須出口軍需用品，資本家盡情從中撈取利益。受惠於一次世界大戰的影響，日本社會一片繁榮，坦白說，很多人心中暗暗祈禱著，這場戰爭能打多久就打多久。

就像我曾在第一章提到的，第一次世界大戰結束之後的隔年，我就到了歐洲。在這裡，我想將在那趟乘船旅歐的所見所聞、關於大正庶民的事情告訴諸位。那是完全與大正知識分子醉心於如洪水般流入日本的西洋文明相反，而是一群日本典型的庶民以天皇名義，以「為國家好」的名義，就算是面對多麼讓人絕望的生活，都不會感受到絕望，堅強活下去的寫照。

我當時在前往歐洲的船上，來自日本，一個乍看之下似乎很單純，但骨子裡不知被什麼擺布，資產階級民主主義當道，外表像是菩薩的國家。彷彿從日本延展了一千兩百海里的芭蕉葉，船隻搖曳在柔軟的淺綠色海洋上。之前提到那位受到料理長特別待遇的人口販子老頭，不知為何直盯著我瞧，有次他用直白帶刺的話語向我問話：

「你是做什麼的啊？我看過太多人，這傢伙在想啥，想說啥，我大概都知道，但你啊，我猜不透。看起來也不像是在橡膠園工作的。你的目的究竟是什麼，要去哪裡啊？」

於是從那次開始，我就成為老人聊天的對象。既無關買賣，也沒有其他目的。我說，雖然不全然是因為真心想去，只是剛好想到巴黎或倫敦看看罷了。但對老人而言，我的答案似乎並未符合他心中所想，因此不太接受我的說法。「總之，怎樣都好啦。」他話鋒一轉：「那麼，乾脆跟我們去新加坡或是巨港怎麼樣？是個適合生活的地方，而且直到你找到中意的工作之前，都可以在我家玩喔。」

老人開始現在的生意之前是一名船員，當時私下協助「唐行小姐」[58]，三人組、五人組地偷渡，都是為了錢，之後就自己開始做賣淫仲介，在各地經營起人口販子的生意。老人把新加坡當作根據地，只要在那一帶聽到他的名字，女人就相當恐懼，以「鬼」稱之。對於在日本領事館、報社、銀行、企業從事正經工作的同伴而言，老人就像是毒蠍或蚜蟲，讓人避之唯恐不及，深受憎惡。

但當時的我，並不是個人文主義分子，因此對於老人是人口販子這件事，並不放在心上。我的書生氣息太濃，老人似乎愈來愈無法理解我究竟在想什麼。

在新加坡停留兩天兩夜的空檔，我就這樣被帶到老人家中，打擾了一晚。當時不只有我一個人，還有一位在老人家預約了一頓餐和一晚住宿的特技表演者。在宛如中國風的灰泥住宅中有許多房間，老人用錢買來的女人就住在她們專屬的房間。那裡大概住著十個女人，或仰躺著，或吃餛飩麵，有的吸著菸管。即將從這裡帶著女人前往內陸的男人一邊編織著藤編箱，一邊用粗嘎的破嗓子說著淫蕩的笑話，只要有女人嘲笑那群男人，其他女人就會一起高聲大笑。

因為炎夏，熱帶豔陽酷熱得彷彿能晒出鹽分，女人們在晒傷的臉塗上濃濃的白粉遮蓋痕跡，泛白且鬆弛的嘴唇則抹著如雞血般豔紅的口紅。嫖客則是來自不同國家，或光著腳啪啪作響，或是喀拉喀拉地拖著輕巧的中國製木屐而來。馬來人身上有著椰子油的臭味，陰莖割過包皮，馬尾毛在粗大男根的頸部打結，沒有錢的他們就如此遊戲人間，華麗的衣服散亂不整，內裡還翻了出來，大方暴露著陰莖讓人看，再嘲笑著離開現場。身上充滿著蒜臭味的中國人，總之第一步就是毫不羞恥地進行金錢交易。印度人習慣擺出一副如同粗眉達摩般的恐怖表情，用溫柔的聲音愛撫著，不會像中國人那樣纏人，甚至連滴在盤子上的紅茶，都要舔過一遍又一遍。

在那間面向中庭，暫時做為我住宿的房間裡，一位在老人身邊照顧他的四十歲肥胖女

58　唐行小姐：十九世紀後半，日本稱呼前往中國、東南亞地區賣春的婦女為「唐行小姐」。唐雖代指「中國」，但在這裡指的是華人較多的地區。

人（雖然對外界都說是老人的其中一名妾，事後才知道她原本是老人的女朋友，後來也出來賺錢），一邊用熨斗燙著衣服，這麼告訴我：「現在在這裡的女人，都是知道娘家，也知道自己是選擇出外賺錢的女人。那些傢伙到村莊裡，找尋遊手好閒的人家，稱讚他們有個能幹活的女兒，讓那些女人也自願出來賺錢。」

過了下午三點，下了一場滂沱大雨，一口氣沖去白晝的暑氣。灰泥中庭牆壁邊的蘭花吊掛盆栽，看起來也暫時恢復了精神。相較於被人口販子抓去賣身、遭遇種種慘烈經歷的女人們的悲哀，更加殘酷的是利用當地的風俗文化和家法、殘暴地使用女人的性器以支撐著家庭維生的結構。只能順從的女人們，想必是痛苦的。

在當時的東南亞地區，很多離開故國後四處流浪的日本人，其中還有在中日甲午戰爭、日俄戰爭遭到敵軍俘虜的士兵。

日軍之間形成一種「在成為敵方俘虜之前馬上就地自決」的武士道信念。若家中有人成為敵方俘虜，對整個家族的名聲而言不只是相當不光彩，家人還會遭受指指點點，孩子也因此無法上學。不但可能遭到親戚恩斷義絕，萬一遭俘虜的本人生還歸來，則更加不義，家人在別無他法的情況下，通常把俘虜當作戰死之人，就算知道俘虜的現居地，也會寫一封信，說服他一輩子都不要再回到家鄉。

被俘的士兵也能理解家人的難處，因此直接留在當地找工作，或是成為滿洲女人招贅的夫婿，深潛在大陸更深處的地區生活，甚至完全變成當地人，不再出現在日本人面前。就算因為太想念日本的一切回家，也是隱姓埋名，不會靠近自家所在的村或町。家鄉的人對於俘虜的那種憤怒與迫害，是完全不合理的。

曾經聽過以訛傳訛的說法是，當俘虜的補償是成為馬賊，代替日本侵略他國。但或許那只是在馬賊英雄故事正流行的時候，為了跟上時事而編造的也說不定。而且，如果再配上充滿俠氣的滿州藝者，就更能創造出如心中所想的故事。

我在新加坡聽到的故事更為悽慘。名叫郡司，和曾經是北極探險隊的大尉同名，位階也是大尉的人，在日俄戰爭中不幸遭俘虜，戰後縱橫大陸地區，歷經長途跋涉的結果，到了馬來西亞。

他憑著一己之力開拓叢林，用全副心力建造胡椒園，這方面來說，他果然繼承了協助國家發展的所謂明治精神。某一天，大尉揹著大鐮刀，獨自割除蔓草與雜草時，遭到老虎攻擊。精於算計的老虎看到人並不會立刻發動攻擊。而是用數天的時間，躲在一旁仔細觀察對方，看準好下手的時機，再沉著冷靜地採取攻擊。大尉就像是以卵擊石，用大鐮刀瞄準老虎的眼睛，在失明的老虎掌下救回一命。

他的妻子名叫芳子，聽到大尉在馬來西亞的消息後，就風塵僕僕地趕去。剛抵達內陸，就開始不斷打聽大尉的下落，因為不清楚大尉的具體位置，於是在馬來西亞一處名為甘榜的地方展開地毯式搜尋，走了三年，最後卻得到證實死亡的消息。結果芳子不知不覺落入人口販子的陷阱，變成在邊境流浪的「唐行小姐」同伴。芳子被名叫鞏保的男子盯上，一起同居。鞏保外表猙獰，在森布隆河監督人手情況，負責處理難以應付的流浪失業者。

馬來西亞柔佛州峇株巴轄縣的日本人協會書記同情芳子處境，約她出來，為了救她脫離現在的困境，安排好將她藏身至新加坡，待船隻出發送返日本。芳子想起鞏保的狂暴，以及在叢林盡頭等待命運枯萎的孤寂幻滅，她放聲大哭，對於書記的親切相當開心。然而，在芳子回到日本一年後，她又再度前往馬來西亞，獨自進入森林深處的甘榜，回到鞏保身邊。

人口販子老人的一名胖妾說：「一定是被下咒，被叫回來了。」她還說：「有一種求愛方式是將口水、鼻涕、大小便、耳垢，甚至是眼屎都塗在人偶上，縫進和女人一起睡的床墊，交媾之後，就算相隔千里遠，女人也會被施法的人吸引。」

從那之後過了十年，一九三〇年代左右，我又到訪這片土地。為了拜訪橡膠園，我搭乘獨木舟穿過宛如日本蘆葦在水中繁茂生長的水椰，沿著森布隆河逆流而上。那時我偶然遇見一名女子，穿著紗籠筒裙和長袖貼身蕾絲質襯衫，一身馬來西亞女子的打扮，年紀應該超過四十歲，但在看到她那美豔性感的表情之後，帶著我前往的同行者告訴我：「她就是芳子。」就這樣經過了那裡。

曾經聽說過，日本人為了不讓腦海中反覆響起「明治的旋律」，在馬來西亞，反而到處都播放著隨著鄧肯狂亂的節奏，展現出愛欲的悲傷音色。也聽說過，有日本殖民者深受鄧肯舞蹈的節奏吸引，甚至不顧自己的國籍和職業，儘管抱持著猶豫仍選擇加入戲班，不再回去。就像纏繞在軍國主義旋律上的許多亡靈，深受馬來西亞樂器或是節奏迷惑，從此徘徊於叢林深處的亡靈也不少。

之後，英國政府官吏的禁令愈來愈嚴格，愈發收緊對新進賣春婦女的入境許可，連帶使人口販子的生意慘淡，在實龍崗島上的印度街，老人帶著習慣照顧自己生活起居的胖妾一起進入汽車旅館，不過那女人其實早就死亡，只有老人還健在。老人在深處的微暗房間內，頹喪坐在鋪著榻榻米的地上。老人的聽力已經大不如前，只能兩手放在耳朵邊，努力地想聽清楚我說的話，他似乎終於想起我是誰了。房間內混著蚊香的味道，安息香燃燒的煙霧，讓整間房間朦朦朧朧。

正面的佛壇，擺著一張大概是他在日本生活的孫女照片吧，一個穿著舞蹈服，歪著頭的六、七歲女孩。旁邊還有五、六個新舊牌位，陳列起來顯得空間擁擠，佛壇上的灰泥牆壁裝飾著兩個匾額。我相當驚訝，那是在淺草花屋敷旁開店的攤販所販售的，我十分眼熟的明治天皇與皇后，以及今上大正天皇的彩色擦筆石版肖像畫。

在這裡，也存在著對天皇忠誠的子民。在那已經聽不見壞話、責罵聲音，幾乎已經聾掉的耳朵裡，應該只能聽見明治時代的軍國旋律，與懷念的老友亡靈們交談，在那若隱若現的幻影中，淚眼模糊地目送他們吧。在肖像畫的臉龐上，一隻幾乎透明的白色壁虎爬過，撲向飛近牠身邊的蚊子，飽餐一頓，或是從想要交配的另一隻壁虎身邊逃開，像是咋舌般地「嘶、嘶」，發出微弱可憐的聲音哭泣著。

2 異鄉人的行蹤

正當社會大眾仍延續明治的習慣生活，大正時代的知識分子似乎已將西歐的精神文化當作與生俱來的思想，高談闊論著。很快的，這番光景，就像那裝上人工翅膀翱翔、因太過靠近太陽而燒毀翅膀墜落的希臘人，迎來墜入絕望深淵的命運。我就來說說，有著那樣際遇的男子——我，還有與我同時代的知識分子心中，懷抱的虛幻希望，以及漸漸失去未來的絕望吧。

話題要回到一開始提及的洋行前。首先，我很快地沉迷於當時在義大利人羅西[59]指導下訓練有成的「帝國歌劇場」[60]，這是首次在日本發展起來的「歌劇」。原信子、田谷力三、

59 羅西（Luigi Rossi，一八六七—一九四〇）：義大利籍編舞老師，也是演員。在淺草歌劇源流的東京內幸町帝國歌劇場歌劇部指導歌劇演出，雖然只待在日本六年，但對日本舞蹈界、歌劇界帶來深遠影響。

60 帝國歌劇場：位於東京丸之內，由澀擇榮一、大倉喜八郎共同成立，於一九一一年開幕，是日本首座西式劇場，為文藝復興建築風格。現由東寶電影公司經營。

清水金太郎夫妻的姿態、舉止，融入日本人平常的行為中，甚至讓沿著溝渠往赤坂見附方向走去的年輕人步伐有了節奏感。在歌劇《阿爾坎塔拉的醫師》甜美的旋律中，聽見「戀愛是溫柔的，原野的花喔」的歌詞。那段旋律是來自這座島國上的說教文[61]，以及地方祭典民謠系統中憂鬱沉悶又隱含無盡悲傷的笛聲。配上大鼓敲擊的節奏後，風格變得截然不同，而是楚楚動人、在開朗明亮又令人憧憬的國度中，讓身心靈都漸漸融化的戀愛歌聲。

我深刻地記著，內心深處對於生為日本人的懊悔，那對於圓鼻、偏黃色的皮膚，找不到任何方法可挽救的自我厭惡。在熠熠生輝的西洋文化面前，我早已眼花撩亂，失去了分辨好壞的從容。就算是我一時糊塗吧，我確實著迷於那一片璀璨中。

日本人原本就擅長將大國文化轉化成自己國家文化，再加以吸收，遠從聖武天皇的天平時代開始，就有極度崇洋的傳統。江戶初期的儒官，對於非出身聖賢之國的自己感到自卑，當時的繪本文字還活靈活現地記載著，江戶末期受到蘭學影響的書生，連在花街柳巷間，都用荷蘭語說著讓人聽不懂的內容，甚至流露出誇耀自身語言能力的神情。這樣的光景，在大正時代重現。

因為仰慕泰戈爾之名，我坐在劇場最前排聽演講，深受《頌歌集》詩句的柔情而失了魂。過沒多久，我又接觸到鄧南遮的《死亡的勝利》，突然間，彷彿感受到如同少女戀愛中的坐立難安，甚至想和至死追求情欲極限的大人談一場戀愛。讀了尼采的作品，雖因太過困難而無法確切理解，但還是想化身成尼采。讀了屠格涅夫的《羅亭》，則是完全將自己當作羅亭本人，意圖利用幻想魅惑他人，卻是毫無執行力、令人絕望的人物。讀了托爾斯泰的作品則認為，聶赫留道夫良心的隱隱作痛，完全就是自己的煩惱寫照。

怎麼會有那樣荒謬的事呢？明明是見解完全相反、徹底無法相容的人類，我卻能同時感到理解，並且毫無抵觸地容納進心中，這究竟是多大的氣度啊？如果像這樣，不斷地舔舐又吐出，反覆咀嚼的話，究竟有多麼見異思遷呢？

此外，我又是法蘭西斯．福特主演電影《紫色假面》和《吉格瑪》的影迷，也偷偷愛慕著莉蓮．吉許和珀爾．懷特的銀幕風采，那有著銀色胎毛的柔順光滑肌膚，勾起我短暫虛幻的性欲。

當時我的想法是，日本已經完全遺忘原本的面貌。他們不顧浮在味噌湯上的蘿蔔乾，

61　說教文：指說經、布教的意思。

以及對著電線杆撒尿、弄溼木屐後跟的現實，只不過是試圖用紙屑或是砂填滿無用處的空隙罷了。和那些被稱為文化人的同好談論著外國的話題，增廣見聞，光是住在那片海市蜃樓之中，人生彷彿立刻能感受到值得活著的快樂。

以及，對於日本，我感受到的是一群值得憐憫的人類所聚集的國度。毫無知性、低度自覺又惡劣的日本人，對於真正的生活、真正的自由、真正的戀愛毫無所知。他們最努力做的，就是模仿西洋人，但經由他們言行舉止所呈現的，卻讓難得富裕豐饒的文明變得落魄、垂垂老矣。

只要看那總帶著汙穢感的自然主義小說就知道了。在日本人眼前突然露出弄髒的褲襠或襪子的時候，其實就表示做出這行為的男人已經不打算再當日本人了。出生於日本，在日本傳統文化中長大成人，事實上對於日本以外的一切都不了解，與其說是遺忘了遙遠的過去，不如說是連想都沒想過。更不用說，那些人絲毫沒有察覺到，傲慢的西洋人對於模仿人類的猿猴不會報以喝采，而是絕對不容許牠們做出有意和自己成為對等關係的任何舉止。

我最終仍是沉迷於剛從美國引進日本的華特・惠特曼作品。因為從未接觸過這種吹牛式的、和席捲德州與新墨西哥州的龍捲風一樣的「平等思想」，我不斷在同儕之間到處吹噓。

但是，即使在我不得要領，如無頭蒼蠅般的遊歷過程中，也隨著時間有所成長。我學會了隨機應變，做出有自我判斷的取捨選擇，我擁有了知識分子應該具備的性格。

但是我關心的，不僅僅是歐洲。對於青年時期的自己而言，最重要的自然是戀愛。戀愛，是由神抉擇的嗎？還是由自己選擇的呢？或是時代所選定的呢？抑或是身邊的偶然所造成的呢？我在面對這樣的關鍵大事上，從來不曾自我判斷出定見。因此，事實上，究竟是自己想要戀愛，還是有更想要做的事情呢？究竟戀愛是從哪裡開始，到哪裡算是結束？都讓我非常懷疑。

我認為戀愛本身有些麻煩。不論是言行舉止、情話，甚至是小道具，都必須好好學習西方文化。日本人真的能像寫小說、詩詞那樣，學會所謂的西式戀愛嗎？我是覺得那樣的懷疑有其道理可循，不只是都會區，就連在鄉下小城市的時髦青年，都像是西方社會中彬彬有禮、獻殷勤的女權主義支持者，劇場演員也開始將經常出現的愛的告白，變成一種廉價的模仿。因為在帝國歌劇場上演的歌劇，開始吸引社會大眾的關注。

到了大正中期，不論是誰都能感受到日本社會發生很大的變化，父母也開始懷疑，若是依照現狀發展下去不知是否恰當，逐漸感受到眼前的危機。年輕男子比起結婚更嚮往戀愛，少女則是隨意地跟隨男人生活。這是一般的社會傾向。

對於不承認戀愛的父母，子女的反抗愈來愈激烈，同時還有社會輿論對年輕人的支持與推波助瀾。就算是和有夫之婦談戀愛，也不一定會一面倒地受到批評指責。

就算觸及刑法，世人也不見得就認為起訴不忠妻子的丈夫得以保有名聲。

明治的父母雖不見得都是倚老賣老，絲毫不曾付出努力，但可能是因為看多了主張自我者的下場多半不理想，於是開始斟酌孩子們的想法，劈頭就罵的情況愈來愈少。像強迫、蠻橫、不人道的虐待，還有依據身分差別給予的不平等對待，這些肉眼所見的不合理情況也與日俱減。

但是，這種舉止有愈來愈大膽的傾向，因為比起心中真實的人性自覺，大家多半會基於時代趨勢，避免當出頭鳥，也就是一種消極的明哲保身之道。

在愛情生活中，之所以必須承受如此沉重的價值觀壓力，無疑是受到藉由思想、文學、電影等管道逐漸浸潤到生活各層面的西洋文化影響。從西洋小說或是人生論中獲得教訓的日本文學青年，開始嘗試露出自己的傷痕，勇敢面對。讀者閱讀年輕文學家所寫的自白小說，也可從中覺察出人類的心理變化，不單純只是當作娛樂或培養修養的閱讀，而是想更加認識人類的本質。

但是在進入大正年間，那些毫不設防、為日本社會接受的外來思想文化，不論深究哪一套理論，幾乎都與自明治以來尊王攘夷的國策相互抵觸。就算不是與國體正面衝突的革命思想，對於表面上稱讚西洋文化為純樸美麗風俗的當局者而言，彼此的文化差距已經到了無法繼續坐視不管的地步。因此，他們將那些破壞人倫的思想或猥褻的文學冠以「藝術」的華麗名目，堂而皇之地繼續推動。從文化人到國中生，也繼續熱烈歡迎引進那些文化。但是，在無意間打算取締之際，又遭知識分子與年輕世代愚弄，嘗到動彈不得的慘痛經歷。

在大正時代，軍人和政府官吏很罕見地相當弱勢。因為爆發海軍收賄案，政黨腐敗成為一大問題。國民與其關注國家未來究竟該如何形塑自身立場，更關切身為納稅人理所當然的權利，於是熱切期盼揭發出所有軍方和政府官員的醜惡，加以聲討彈劾。國家主義者所擔心的，就是改變日本人的本質，視團結為軟弱的結果。

外國精神文化透過結合物質文明的商品滲透，已經成為無法完全避免的時代趨勢，這個時代對此可以說是睜一隻眼閉一隻眼。

大正這個時代，能夠積極、自由地檢討人類的真實面或人文主義，甚至看起來還獲得舉世支持，另一方面卻無法以新傳統之姿生根於這個社會的原因，並非完全是這個時代太過短暫，也不是因為主導新思想引進的文化人是那些人生經歷尚淺、只是有著反抗性格的上流社會子弟，或是從土財主兒子的身分覺醒的文學青年。

倒不如說，此時的日本人即使再怎樣自我鞏固、自我充實，最終都只會變成令人痛心的下場。對於無法建立羈絆，連帶著失去退路的自己，無疑地將連立身之處都不復存。因為這個時代，徹底否定明治以來絕望的基礎。

我在此再稍微說一下自己的事情。我終於決定自稱為「異鄉人」。這是我在付出了所有辛勞之後得到的結果。身為日本人但絲毫不關注任何有關日本政治、經濟、國力伸張、國家責任等的人類，我認為與異鄉人無異。以我的立場而言，這種想法也算是體會到了某種程度的快感。

但是，如果將那樣的人稱為「異鄉人」，那麼存在於大正時代的眾多市井小民，說不定也都是「異鄉人」吧。不過，我自己某個方面仍保有明治人的偏執潔癖，喜歡在早上洗澡，偏好清淡的飲食口味。我也具備日本人那種不好伺候、好惡十分明顯，也因此內心十分脆弱的特質，但我對於那樣的自己，一點想要反省的念頭都沒有。

我相當喜愛波特萊爾散文詩的開頭、對雲呼喚的那首詩〈異鄉人〉。然而我對不成熟的異鄉人沒有興趣，只不過是自年輕時代的帝國歌劇場以來，吵著要新玩具的心態所致。

那時的我，對於自己究竟該做什麼才好，真的毫無頭緒。

我原本打算利用義父留給我的少許金錢，挖掘錳礦，一夕致富，一路從群馬遛達到福島山中。但是第一次世界大戰的結束，如同宣告我的事業失敗，手頭剩餘的錢已經不多。

國中同學M告訴我，可以讀讀看田山花袋[62]或德田秋聲[63]的小說，由於我對現代小說也

62 田山花袋（一八七二—一九三〇）：日本作家。日俄戰爭時期擔任從軍記者。一九〇七年發表《蒲團》，確立日本自然主義文學的方向。晚年因宗教心境，留下許多精神主義的作品。

63 德田秋聲（一八七一—一九四三）：日本作家。入門於尾崎紅葉，後來與泉鏡花、小栗風葉、柳川春葉並稱「紅門四天王」。成名作是《雲的去向》。作品風格質樸，以描寫社會底層與婦女形象見長，與正宗白鳥、田山花袋、島崎藤樹並稱為「日本自然主義文學四巨匠」。

很有興趣，因此選擇早稻田大學英文系就讀。然而，一入學後，身邊滿是自認為出生於世上就是帶著文學者使命的同學，一想到「難道要和那群人競爭嗎？」，就完全失去氣勢，變得惶恐不安。原本我就是個一無所知的人，就算混入他們之中，成為一個有常識的人，也會立刻被發覺是個什麼也沒讀過的門外漢，逐漸開始對文學心生憎恨。在我進入東京美術學校就讀時，曾意圖成為日本畫家，然而在校園內，也多的是年紀比我小，又擁有繪畫天賦，但在畫畫這條路上似乎找不到未來的年輕人。而且，我和學長姊也相處不來。

之後，學校課業也都泡了湯，只好用原本只是當作業餘愛好的詩，開始模仿創作，同好友人親切地帶我拜訪大人物。但由於我不知道該說什麼，只是不斷地欺騙，因此讓那位好心帶我拜訪的朋友也逐漸失去立場，無法再拜訪那位前輩。我當時並未察覺到自己是那般毫無教養的人類，似乎也因此被誤認為是個相當傲慢的人。

當時的我，自認為是個毫無用處的人。但我完全沒有自殺之類的念頭。雖然印象中並不曾為了開銷而苦惱，但是當錢漸漸入不敷出，這種誰都能體會的無力感，大概就是無可救藥的崩潰開端。

就像我多次在本書中提及，一九一九年，當我厭倦那樣的自己之後，就展開人生第一次的異國之旅。我搭乘佐渡丸航向歐洲，如同在這本書開頭所寫的，並不是因為背負著家人的期待要出人頭地，那種事辦不辦得到連我自己也不知道。就連欣賞異國風景人物的興趣，也沒有那麼強烈。當然，更不用說什麼「懷抱著從各國吸收新知，從而成為日本文化發展的助力」這種不知天高地厚、想要為人表率的想法。畢竟能做到那種程度的，大有人在。

而且，在和那些有所不同的文學青年交談的生活中，仔細回想起來，也有逐漸疲乏的感覺。聽著在一片荒蕪遼闊的海洋中橫渡的機械音，我甚至認為，要是永遠都沒有能停靠的港口就好了。

年輕時體會到的這種徒勞感，現在回想起來，並不是只有我才體會到的特殊感受。在大正這樣一個乍看之下國力充實的自由時代，只要切斷拉到緊繃狀態的明治的弦，就是那些迷失心境的人們體會到的蕭然。

那一大批對於文學感興趣的人，或許也是焦急地緊緊抱住浮木吧。除了文學以外，他們不會多看其他事物一眼，那也算是一種解釋吧。他們相信，可以藉著外國文學作品學習如何發現自己。再藉由領會文學的自己區分身為日本人的自己，以及存在於身邊的日本人，對於日本人感到絕望的同時，也不得不對同樣身為日本人的自己感到絕望，體會到施虐癖的甜澀滋味。

但是，對於那般依賴文學的他們而言，絕望僅止於文學意義，並不需要擔心他們會遭遇到不幸。他們反倒可能將絕望視為獲選為具備文學胸懷的裝飾印記，悄悄地露出歡快的微笑，甚至為此驕傲。

日本愈發讓人窒息了，雖然勉強飛出這座孤島，但回想起來，成就我的只有一件事。那就是我和骨董商鈴木孝次郎老人一同前往英國、比利時的旅程。老人要我幫忙他的骨董商生意，讓我代替他經手最深入的歐洲、美國客戶，似乎是有意栽培我成為他的接班人吧。因為他，我不僅能和英國、比利時等世界級收藏家見面，鑑賞他們的收藏品，在競標會場實際體驗時，我也因為小時候就看著父親收藏的古董書畫，對於那些讓人感到親切的日本美術品，培養出鑑賞力。我最有興趣的是根付[64]、描金畫[65]與浮世繪等。我和鈴木老人之間，因為被他如雷的鼾聲吵到難以入眠，以及不能吃羊肉等諸如此類的小事，讓我的心情逐漸彆扭起來，彼此關係也逐漸惡劣，雖然就那樣分開，但我也了解到，西洋人對於只有日本人的手藝才能達到的纖細美麗，有多麼買帳，值得我進一步思考。

自從與老人分道揚鑣之後，我開始過著欣賞美術館、寺院古老壁畫的旅程。不過我的順序是從魯本斯[66]回頭認識到范艾克[67]的時代，我感興趣的繪畫，很多都屬於佛蘭芒原始繪畫[68]。我看見的是由石器與鐵建構而成的傳統文明深度。然而，與之相對的，由紙、竹與土的文化形成的夢幻之美，或是乾山[69]、光琳[70]、北齋[71]、廣重[72]、清長[73]的繪畫，對活在大正的我而言，美的世界已經是個就算想要也回不去的毀滅世界。自從明治精神與那些作品

---

64 根付：掛在和服腰帶上的小型容器，用來裝藥、菸草等小東西。

65 描金畫：在漆器上以金、銀、色粉等材料繪製而成的紋樣，是日本的傳統工藝技術。

66 魯本斯（Sir Peter Paul Rubens，一五七七—一六四〇）：巴洛克畫派早期代表人物。

67 范艾克（Jan van Eyck，早於一三九〇—一四四一）：荷蘭畫家。大量運用錯視手法與各種象徵，以宗教場景或是小幅的肖像畫為主要創作。佛蘭芒原始繪畫派主要人物之一。

68 佛蘭芒原始繪畫（Vlaamse Primitieven）：十五、十六世紀義大利以外的歐洲地區文藝復興時期，勃根地與哈布斯堡統治時荷蘭的繪畫。

69 尾形乾山（一六六三—一七四三）：江戶時代的陶工、畫家。

70 尾形光琳（一六五八—一七一六）：江戶時代中期的畫家、工藝家，是日後被稱作「琳派」畫派的代表畫家。

71 葛飾北齋（一七六〇—一八四九）：江戶時代後期的浮世繪畫家。繪畫手法表現多樣，畢生創作多達三萬五千幅作品。

72 歌川廣重（一七九七—一八五八）：江戶時代後期的浮世繪畫家。作品影響了梵谷、莫內，是當時世界知名的畫家。

73 鳥居清長（一七五二—一八一五）：江戶時代後期的浮世繪畫家。擅長美人畫。

脫鉤之後，產生了六十年的空白。那已經不再是我們的傳統。

大正時代對於外來文化體認上的膚淺和醜陋，我是有所感的，而古老的日本文化，總在旅行途中的夢境誘惑著我。然而那般美麗的世界，就算我回到故土也已經覆滅，再也無法擁有。面對只能以絕望接受這雙重絕望的自己，我果然只不過是個血氣方剛的年輕人而已。我驕傲地深信，自己能夠全心投入，創作出不是模仿西洋作品的全新日本藝術。在稱得上是我第一本詩集的《金龜子》之中，有一篇嘗試性質的作品，是在描述美麗之神維娜斯，對於驕傲自大的納西瑟斯應該不太可能寬容以對。這個問題纏繞著我未來漫長生涯中發生的種種悲劇，不同於日本的國家政策、戰爭的悲慘，而是經過一再的絕望，不斷延伸的絕望變遷史。然後，那樣的絕望至今仍持續。

待在歐洲旅遊的期間，我認識了三名難得的日本人。一位是在倫敦認識，在第一次世界大戰期間，一直都住在倫敦生活的詩人。精確來說他是漢詩詩人，將自己的漢詩創作翻譯成英文，成為受歡迎的詩人之一。不過，不知是否因為自己一直沒怎麼留意，對他的姓名一點印象都沒有。不，我應該是聽過，但很快就忘了。男子穿著印有家徽的黑色和服外衣，踩著喀答喀答作響的木屐，走在倫敦的皮卡迪利圓環上。他將「日本」當作賣點在異地求生活。因為那也和在文明開化之前的日本所創作的漢詩一樣，都與江戶時代的日本人生活緊密相關。

也有受到巴黎萬國博覽會邀請，留在歐洲的日本庭園設計師，想法和那位住在倫敦的日本詩人一樣。詩人的情況，是以英文翻譯為自己的知名度加分，庭園設計師則是直接將日本習得的技術當作賣點，只為在異鄉生存。巴黎是一個吸引喜愛標新立異的人類聚集的城市。他設計的萬國博覽會中的日本庭園，讓資產階級深感興趣，要求他打造日式庭園的人數多到拒絕不完，他也因此變得相當忙碌，甚至聘請法國人協助他處理庶務，生意愈做愈大。我認識他的時候，他已經相當高齡。不論是漢詩詩人，還是庭園設計也好，雖然我們只曾試著交談過幾句，但能感覺出來他們相當有自信。漢詩詩人表示，東洋詩的境界西洋詩歌也難望其項背。漢詩的平仄、五言、七言的簡潔美感，翻譯成英文後，因為變得冗長又累贅，用較難發音的歐洲語彙朗讀，變得極為笨拙。

庭園設計則更有理可循，聽了那位老人的故事後，覺得西方庭園不過是廣場的裝飾品，日本庭園則是集深山幽谷於一處，那雄偉、纖細的變化美感，或許確實連歐洲庭園的設計也望塵莫及。

「外國人的庭園設計，充其量只是兒童的遊樂園而已喔。那種程度，稱不上是庭園。畢竟外國人也不是傻子，看了也知道日本庭園的美在哪裡，對吧？但即使是如此，還硬是不認輸啊。總覺得，不想就這麼投降了。哈、哈、哈。」

他笑得很爽朗。羅丹據說也前去欣賞那位老人設計的庭園。羅丹似乎是帶著曾經做過模特兒、一位名為「花」的嬌小日籍女孩，一同前往老人設計的庭園。花小姐仍在世，我曾和她見過一次面。她已經是滿臉皺紋、不太顯眼的老婦人了。

總之，在歐洲的日本人之間常常看到那樣的人。但是當然也有例外。例如我在巴黎認識一位名叫西森的男子。他看起來比我大上十歲左右，身高修長，擁有英國紳士的翩翩風采，相當出眾。西森鑽研法律，留學索邦大學。留學期間和法國女子同居，從女方家往返於大學。他老是自稱為「吾輩、吾輩」。這一點讓我感受到明治人的氛圍。總之被他引起興趣的我，也在不知不覺間開始自稱「吾輩」，還記得我意識到這點時，滿臉通紅。他和森鷗外的《舞姬》男主角類型完全相反，在終於看透日本之後決定不再回來，還為自己取了個洋名，做好一生在西方國家落地生根的覺悟。以當今來說，就像是法國文學家森有正[74]，主張西洋文化第一主義，不認同東洋的反體系學問，對於潮溼又缺乏現實感的日本文學、美術等等，批判一切都是難以成為永恆的半調子作品。還年輕的我，或多或少受到他帶著東北腔調衝口而出的言語影響，連反駁的能力都沒有，就這樣被震懾。

「罷了，你聽好。吾輩雖然是這樣想的，但那可是錯的。首先，日本人心胸狹窄，排他心理相當強烈。大概是因為骨子裡不是乾脆的性格吧。這一點，在咖啡廳找位置的時候，就連大使館參事官A君等人也是如此。馬上就往最裡面的角落走去，硬是擠進那三角空間坐下。然後，以一種生人勿近的眼神盯著他人，就算沒有那樣的眼神，也會呈現一種無法放心的姿態斜著身體，以一種能看清楚整個空間的角度坐著。服務人員總是善於察顏觀色，帶著諷刺的語氣說道：『閣下，日本客人好像都很喜歡角落的位置呢。您應該也耳聞那是個很適合物色未來老婆的絕佳位置，才光臨的吧？』即使是像那樣帶著點幽默感的話語，日本人也完全領會不到。太一板一眼，完全無法溝通。A君等人，被我這麼一說都

74 森有正（一九一一—一九七六）：日本作家、法國文學家。是日本戰後第一批赴法留學生，譯有阿蘭、帕斯卡爾、笛卡爾等人的著作。

無法答話，只是瞪大雙眼。」

他是這麼說的。他如其所願，在巴黎過世。他雖生於明治，但完全拋棄了日本的一切，心中從未存在任何想運用自己醉心的西洋文化，為日本帶來正面影響的想法。與其說是他對日本早已絕望，不如說是因為厭惡到了極致。

但我是個除了回到日本以外找不到其他地方安頓下來的日本人。好比受到女子冷淡以對，即便從其他女人身上尋找慰藉也不被當作一回事，於是又回到原本那女子身邊，悽慘落魄的男人。穿著最正式的晨禮服，戴著圓頂硬禮帽的我，回到了那矮房並列，毫無亮點、就像個垃圾場般的港口：神戶。

結果，我在歐洲被迫表現出傳統與秩序的一面，不斷看到身穿風格始終不一致的租借禮服所展現的外表至上文化，而且，第一次世界大戰的榮景已然遠去，冷漠的日本又回到景氣蕭條的狀態。然後，深感居住環境每況愈下的日本人前往滿州或上海等地，但毫無事前計畫，只是抱持著類似於大發橫財的心理，過著漫無目的的生活。而我也是從那時候開始，開始變成真正的異鄉人。

就在那時，我不經意地知道了三名滑稽的文士，那就是岩野泡鳴、泉鏡花和永井荷風。我們之間只是知道名字，絕對不是深交關係，甚至也稱不上認識。岩野泡鳴是個執著於大宅壯一的不幸男人。我對於泉鏡花的印象則是，他總是像隻老鼠抱著珠寶箱似的模樣。

三人之中，荷風倒是徹底貫徹任性自我的非典型人物，總覺得他是和那位佐立的義祖父有幾分相似的明治人，然而他文人墨客的身分拯救了他自己。

荷風本人體驗到的歐洲文學傳統的完整之美、對於粗野現代日本的幻滅，以及漂泊異鄉的滋味，都和我類似。但對他而言，有個必須回去的舊歸屬地。他在登峰造極與蕭索之美之間，朝向不遜於西歐任何一種文化，纖細、繽紛又融洽的江戶末期亡靈世界而去，蔑視仿製西洋的廉價新文化、新生活，顯露出一抹孤獨的背影，回到了日本。

永井荷風既是寫出《狐》、《雪之日》這類現實主義的優秀小說家，也是能寫出充滿異國風情的《亞美利堅故事》或《法蘭西故事》的作家，但當他回到柳亭種修[75]或為永春水[76]的世界，撰寫愛情小說《隅田川》之時，日本文化人士卻只是拋棄他。因為他超越了

75　柳亭種修（一七八三—一八四二）：江戶時代後期的通俗小說作家，代表作為《修紫田舍源氏》。

76　為永春水（一七九〇—一八四四）：江戶時代後期的通俗小說作家，代表作為《春色梅兒譽美》。

五十年的冰谷，已經再也無法填塞和那個世界之間的切口。傳統在對岸被斷了個乾淨，名存實亡，只有好事者們為了保存形骸在聚首討論而已。

就像南宋首都臨安的繁榮，是因為有高樓、飛橋酒樓、茶房，江戶時代後期的天明、化政時期，在文中的巧妙暗喻、有趣的筆觸，就是以青樓、花街的熱鬧氣氛為背景創作而成。在那沒落的江東私娼寮所在的老虎板街[77]沿線暗巷，老異鄉人荷風的姿態，就像無精打采、垂垂老矣、無家可歸的狗一樣迷惘，讓人悲傷。意想不到的是，在那裡被目擊到的荷風，和之前在銀座附近的白玉甜湯店被目擊到的那張修整過的側臉，完全不同。

人與人之間如果能更輕鬆地讓彼此看見對方的心意，應該能停下腳步聊上幾句。但是，我的內心充滿了苦澀，一個老異鄉人也不可能有面對那種心境的忍受度吧，我一直都明白，兩個人類之間不存在橋梁。我就這樣錯身而過，頭也不回地離去。人與人的離合，真的很殘酷。每一次，只有「絕望」兩個字能填補離開之後的空虛感受，就算穿越五十六億七千萬年，我和荷風能這樣面對面聊天的時刻，也絕對不會再有了。

77　老虎板街：位於神奈川縣橫須賀市的商店街。

3 逐漸崩解的東西

雖然記不得在丸之內建築的幾樓了，但那裡曾經舉辦過世界陶器名品展。那是在大正十二年九月一日，接近正中午的時刻。

我還記得，當時深受作品吸引看得入迷的人們，瞬間出現像是中風之前的頭暈症狀，身體失去重心般搖晃不穩，隨之來襲的是精神層面上的失衡，臉部的血色像是被抽乾般氣色盡失。同時，陳列於裝飾櫃內、價值難以估算的天下珍品，如同希臘羅馬式玻璃瓶、波斯的壺，唐三彩陶瓷器……就在眼前滾動旋轉，或是上下跳動著，從架上掉落地面，碎成一地。

那是一場突如其來，在毫無預兆的情況下，於關東一帶發生的大地震。

地基鬆散、人口稠密的東京下町，以及擁有多條河川的橫濱，受到的災害最為嚴重。

比起直接因為地震造成的破壞，接連發生的火災讓災情更加嚴重，從較高的山手地勢看過去，正好是日本橋附近的方向，連續兩天兩夜，可疑的紅色大龍捲靜靜矗立著。

從淺草、本所到深川，火勢沿著地面徘徊延燒，祈求人群逃難方向能有活路的男女老少被火焰熱氣灼燒，紛紛丟掉手中一切，甚至脫去衣服，心神已然被火燒得恍惚，一旦昏倒在路邊，便再也沒有站起來的機會。屍體被燒得露出像松樹樹幹斷面的紅色皮膚內裡，相互堆疊。膨脹的屍體，不論是男是女，皆燒得焦黑，還有看得出用力掙扎過的屍體。究竟是誰的父母，或是孩子，抑或是兄弟姊妹，都難以辨認。

之後還有好幾次強烈的餘震來襲，大地看起來就像是揉著大大的肚子，一面起伏一面搖晃。著了火的鋼板像是被天空折彎，掉落在人類的頭上。情況有多悽慘，遭遇到的人心中各自明白，但我想不論是誰，勢必都想忘記。

在燃燒後仍冒著餘煙的情況下，人們拚命地搜索值錢的東西，甚至還到處切斷屍體手指，蒐集金戒指裝進袋中。另外，從永代橋到東京灣的方向，許多原本想藉水逃避火燒痛苦卻溺斃的屍體浮上水面，大概是因為吃了那些屍體而變得肥碩的明蝦，價格便宜地讓人大吃一驚，讓逃過火災一劫的山手地區魚販虎視眈眈。當然，因為太過毛骨悚然而沒人買。我們在位於市之谷附近的山內義雄家中，將趁便宜買來的蝦炸成天婦羅，狼吞虎嚥地吃得肚子都脹了起來。對於人類的肉在蝦的體內消化過後，回到我們的體內變成養分的循環過程，我們沒有特別拒絕的理由。人類的屍體本身就是醜陋的，如果保持那樣的話，恐怕也毫無食欲。

如同先前所擔憂的，淺草十二層樓也剛好在那時候終於坍塌。樓層大概從中間一半左右的地方斷裂，磚瓦如雪崩似地掉落，形成一座山。位於樓層正後方，夾雜寫著「龜樂」、「房遊亭」之類角燈的私娼寮一角，不論是房屋還是住人，都在瞬間掩埋到地底，經過幾個月都還沒有辦法整理，只能擱置在原處。

當時因為吉原花街的出入口都被封鎖，娼妓紛紛逃到醫院的池塘避難，然而池塘的水也因火勢過於猛烈而煮沸乾涸，遭烘烤的女子們層層堆積。遊客從遠處聚集圍觀，有的甚至拍下照片。經過三天，已經燒毀的地方看起來仍有餘火未滅，藍色的火、帶著紫色的火，就像狐火一般，仍微弱地燃燒。一到夜晚，星辰閃耀，在已經毫無人類氣息的燒焦倉庫暗處，走出一名無依無靠、也失去所有財產的年輕賣春婦女，用枯乾的聲音向人搭話。

我從歐洲旅行回來，也用掉了身上僅剩的錢，身無分文，因此借住在某處，就位於牛込赤城元町、從高掛救命丸看板的店走進的橫向小巷深處。我在玄關旁三張榻榻米大小的房間，為破爛的榻榻米重新鋪上蒲團，因難以自處而輾轉難眠。我連一件浴衣或可替換的和服都沒有，就算發生地震或火災，也沒有什麼好失去的。

過了不久，我陸續得知友人從火災中生還的消息。福士幸次郎從深川一帶，冒險沿著永代橋橋身、距離水面相當高的橫梁支柱逃脫，因為當時橋梁塌陷，無法行走。百田宗治的妻子詩織小姐則是穿著方便行動的綁腿裝，一路尋訪至此。位於墨田區本所業平的春慶寺，九十歲的住持好不容易才逃出來。看到那些人之後，陸續有人過來避難，但我只能用自來水招待，除此之外無能為力。而家鄉在遠處的人，甚至緊緊抓住早已滿載的列車車頂回家去。

災害因只限於關東地區，經過五天、一週之後，救援的物品與糧食陸續運達。街角設置了玄米飯團救濟所，在裝滿飲用水的水桶中放進長柄杓，讓經過的人們可以自由地站著吃喝。

這場災害的死者超過九萬人，財產的損失更是無法估計。但震災帶來的不僅如此，更讓人心的荒廢和不安定感與日俱增，對於那之後的日本人而言，震災所留下的，是一個好像有什麼會逐漸瓦解的地方。從明治時期以來直線上揚的運勢，到今天似乎遭遇了重大挫折，這種感覺不言可喻，大家彼此都能感受到，也彼此頷首默認，這其實也是所有人長久以來懷揣的憂心。

原以為是以亙古不變之姿盤踞的大地，卻在此刻感受到它根基的動搖，這種感覺，同時呼應到人們對於過往象徵牢不可破的財產、生命，甚至是國家權威產生不安，無法再像從前安逸以待。當然，人心的不安也並非就這樣永不回頭，徹底失去信賴。隨著災害告一段落，雖然逐漸開始復原，瞬間的絕望感仍深深留在人們心中，應該也可以說是在日本人心靈留下裂縫，甚至可以連結到佛教的無常感，或是更現實的人類不信任感，最終影響到個人思想的根基。除了大正的人文主義之外，大正的虛無主義也成為一種特徵，並且逐漸浸潤至大眾的生活。

隨著震災發生，似乎有什麼被嚴重地破壞了。如果要具體清楚說明那是「什麼」，這件事情本身就非同小可。

僅僅在混亂的幾十個小時中，大正人的華麗表面就遭狠狠地剝除，就像從前的日本人，當對方說：「我等你好久了」，便擺出一副蠻橫不講理的態度。那是因為，我們自己早就了解心中已經不存在任何能拘束、干涉行動的束縛，就像毫無顧忌、傲慢地、脫離枷鎖的放蕩者一般，顯露出一面吹著口哨，對周遭不屑一顧的，真正的日本人。

大家不分青紅皂白地深信不知源自何處的流言蜚語，還繼續散布。每當聽到「朝鮮暴徒將從多摩川大舉進攻」，或是「朝鮮人所到之處水井裡都被下了毒」，或是「社會主義分子大批奮起」之類的傳言，大家沒有充分時間思考真偽，就帶著用火燒硬尖端的青竹槍，腰上插著日本刀，輪流守備整座城鎮；並且任意盤問往來行人的身分，只要看到頭髮較長的年輕人，就認為對方是社會主義者，對於用詞含糊的人就擅自認定是朝鮮人，還為了檢驗身分，讓對方唱「都都逸」[78]或「Sanosa節」[79]。平常一臉殷勤又怕事的理髮店老闆，突然眼睛充血，性格大變，傲慢地指手畫腳，美髮師的先生突然變成狂人，脫口而出：「狠狠地揍他，殺了他！」之類激動的狠話。

雖然發布了取締流言的傳單，然而就連巡查本身都失去應有的專業風範，甚至還煽動彼此：「朝鮮人還跑到目黑這一帶來作亂了。可要好好收拾他們。」在砂村，有三個人揮舞竹槍亂刺，還有一個看起來是土木承包商的男子自以為是英雄。

在那段流言四起的期間，我收留了一名害怕得打算四處逃亡的蒼白知識青年，帶他一同到安全的地方。那是在我們兩個人走路時發生的事。從橋端突然出現拿著棍棒、身穿和服的五十歲男子，高喊著：「你是社會主義分子吧？社會就是因為有你們這種傢伙存在才變成這樣！」一面朝我們打來。有這種舉動，就是因為明治的日本人熱再度盛行。既不知道究竟是誰會去做什麼，也可能什麼事都做得出來也說不定。

馬來人揮舞著匕首衝進人群，不分對象是誰邊走邊砍殺，這種行為就稱為「狂暴」。日軍為了讓膽小怯懦的日本人變得勇敢，就利用這種「狂暴」。要培養出「狂暴」，就需要絕對的權力與壓制。縱使坊間流傳著流言的源頭是來自於軍中，但從可能做出那種程度事情的卑劣性格來看，軍隊本身也正在墮落。

在那混亂的狀態中，發生了甘粕大尉[80]虐殺無政府主義者大杉榮夫妻與其外甥三人的

78 都都逸：江戶時代後期出現的流行曲調。都都逸的句式為「七七七五」，利於歌唱。大多數是描寫戀愛，也有反映戰爭或時事評論的內容，開創表達大眾輿論的先例。

79 Sanosa節：明治時期開始流行的小調。每一節的最後會以「さのさ（Sanosa）」這樣的囃子詞作結。

80 甘粕大尉（一八九一—一九四五）：甘粕正彥是日本陸軍軍官。因殺害大杉一家入獄，釋放後被派往東北瀋陽，策畫滿洲國，並協助將清朝皇帝溥儀護送至滿洲國登基。

事件。回歸冷靜的不只是知識分子階層，一般庶民也嚴加批判這起事件，對軍隊造成壓力，無法蒙混過關。於是束手無策的軍隊將大尉送往滿州，藉此敷衍了事。

清理屍體，收拾燒毀的建料和瓦礫也是一大工程。在連續數日的秋老虎天氣後，終於吹起秋風，陰雨連綿。日本自美國大量進口松材，在火燒後的各處遺跡，開始用紅色松材建造組合屋。遺留於下町地區的江戶風情，因為這場地震消失殆盡。

即使是在東京，也沒有立下生活目標的我，前往名古屋牧野勝彥的家，以及位於西之宮、可以算是義弟的河野密家中借宿，度過那一年。若要說有什麼明顯瓦解的實感，應該是，在旅行的過程中，似乎不論做什麼都像是一種補償。我看到什麼就悲傷痛苦，在東洋式的旅途情懷中，為了自我欺騙，只要能多寫些多愁善感的詩，就算是聊表安慰了。

那段期間，我認為在東京必須看清的事，體現在隔年春天回到東京的感慨。也就是說，就算沒有地震這類的天災發生，早已顯露出崩潰跡象的事物必然有如此下場，現在只不過因為地震發生，提前瓦解罷了。我是這樣認為的。東京外觀的復興工程，在為了趕上交期的前提下，品質既粗糙，又看不出特別之處，感覺出只是焦急地想恢復到東京往昔的丰采而已。雜誌如同震災前照常出刊，撰寫的風格並無改變，因避難而四散各地的友人、熟人紛紛回家，在我認識的人當中，幾乎沒有犧牲者，生活的齒輪逐漸恢復正軌運轉。

但是，周遭似乎有什麼動靜發生，只能說就像是生活嵌入異物似的，是一種至今從未感受到的勉強。雖然我試著向友人確認，但可能是我表達得不夠清楚，也可能是我想說的無法和對方產生共鳴，又或者是友人並未和我感受一致的緣故，總覺得話不投機半句多，於是交情就這樣戛然而止。

很快的，以無政府主義者為名的年輕詩人們，從新宿、池袋開始，橫行到白山一帶，大聲嚷嚷著詩詞，黃湯下肚後，不時鬧事、吵架，甚至強要錢。

從崩解現象的裂縫中，我們所凝視的，不只是壓在石牆下的女人紅色頭髮。那是在不景氣時代中墮落者的集結，以及心懷怨恨憎惡、支撐著表面桀敖不馴精神的弱者正義。受過海外教育、身為異鄉人的我雖然首先感到排斥，不過對於他們創作的詩，因能隱約感受到實踐者的誠實與苦惱，覺得較專業詩人的傑作更有魅力。

無政府主義者與共產主義者彼此用暴力與理論相互仇視的短暫時期，我躲在忘了是林龢[81]還是室生犀星[82]命名的、震災那時就使用的三張榻榻米大的避難車內，打算一面避世，一邊困惑著如何處世。然後，我深感自己毫無用武之地，逃出日本後，光是在陌生的盡頭思考捨身奉獻這件事情，就能嘗到些微的解放感。當我沉浸在悲傷的心境中，長男出生了。我將長男寄養於他母親的故鄉，和他母親兩人一同到了上海，展開七年來第二度的海外旅行。那是一九二八年的事情。

一九二八年，是大正已經結束，剛迎接昭和時代的時間點。之後的五年，我在海外流浪時對於日本的知識，成為我心中的大空洞。五年間，可以說我幾乎不曾讀任何一本書。與其說沒有時間，更精確地說，是害怕從別的世界被強拉遣返的恐懼。因為只要讀了書，就會過上難以維持生活、窘迫的每一天。

我在中國的工作是在日僑人名簿刊登廣告，當時正好蔣介石發動北伐，奔走於武昌漢口一帶，蔣介石四處強逼勢力瓦解的上海無政府主義者，以及「內外綿行」[83]交出天文數字的金錢。而且，像是村松梢風[84]、前田河廣一郎[85]這樣，原本是從日本內地悠哉前來上海的文士，蔣介石也彷彿像是理所當然似地牽連他們進來，以現在的說法而言就是攤商，也

幡

幡，是宣示的標幟，也是反抗揮舞的大旗。
二十一世紀的我們，仍需懂得如何革命。

致所有反抗者們、新世紀的旗手、舊世代的守望者——
你們揭起時代的巨幡，我們見證文學在歷史上劃下的血痕。

出版預告搶先看

《絕望的精神史》｜絶望の精神史

作者｜金子光晴
譯者｜周芷羽

「我，深刻記憶著生爲日本人的懊悔，
對於圓鼻、偏白色的皮膚，無法挽回的自我厭惡。」

在懷抱著虛幻希望的同時，也逐漸失去前景的絕望

明治年間出生、歷經三代天皇在位的詩人金子光晴，
透視荒亂的世間諸相，遇見的懷抱各種「絕望」的人——
媲美無賴派經典《墮落論》，剖析日本人的「絕望」原罪

《二十四隻瞳》｜二十四の瞳

作者｜壺井榮
譯者｜黃鴻硯

大石久子是新來到漁村的年輕老師。她教導的班級僅有十二名學生，上課時總有二十四隻眼睛熱切望著她。

然而，戰爭將近，老師被迫向學生實行愛國教育，久子的學生有的因貧病壓迫而痛苦，有的家庭因戰爭破碎，有的送往國外出征而死。戰爭結束後，久子回到學校重拾教職，多年不見的學生，送給久子一個神祕的禮物……

新潮社文藝獎、藝術選獎文部大臣獎、女流文學獎得主
兩度改編電影、六度改編電視連續劇、一次動畫改編，共計九度影視改編

麥田出版 facebook 麥田出版

就是讓那些來自日本的文士成為熟悉槍枝或鴉片走私販售的商人，並要求他們強行推銷印刷品。他們要是隱身躲藏起來，就踩泥鞋入門找人。

身為無政府主義者的魯迅和郁達夫，正在共產主義與無政府主義之間搖擺不定，似乎是最煩惱的時候。兩人就像是兩把胡桃鉗般緊黏，在橫濱橋附近走著。我經常從申江樓菜館的外窗俯視、嘲笑他們。

歷經新加坡、爪哇、蘇門答臘、馬來、印度，經過兩年抵達巴黎。在沒有喘息時間的每一天裡，最慘的情況不過是向人乞討，漫無目的地遊走。文化什麼的，是另外一個世界的東西。

---

81 林髞（一八九七—一九六九）：日本醫學博士、推理小說家、詩人。本名為木木高太郎，曾得直木獎。

82 室生犀星（一八八九—一九六二）：日本詩人、小說家。本名為室生照道，別號為「魚眠洞」。

83 內外綿行：一八八七年於大阪創立的紡織公司，在上海、青島、金州等地皆設有工廠。其中，位於上海的工廠是「五三慘案」的發生地。

84 村松梢風（一八八九—一九六一）：日本作家。代表作為《魔都》，描寫了中國租界時期的上海，也是上海第一次被稱作魔都。

85 前田河廣一郎（一八八八—一九五七）：日本小說家。日本普羅文學興盛時期的領導人物之一。

在巴黎，讓我徬徨的世界，是聚集一群異國流浪者、充滿溫帶臭蟲或蝨子的巢穴。位於義大利街道上，在聽得見頭上窗玻璃落下冰雹聲的閣樓裡，住著亡命逃犯、上了年紀的賣淫者，人妖仲介等。是個連文學家安德烈・紀德[86]、布萊斯・桑德拉爾[87]、米奧・曼德爾的大名都沒有聽過的環境。

基本上這次的流浪，就是一趟完全無法讀書的旅程。前一次旅行帶了充足金錢，可以不用和不相關的人碰面，但這次是必須攢錢才能前進的旅程，因此必須和淨是不想見面的人見面。

說到錢的話題，只要是不會造成大損失的工作，即便沒有自信能做好或沒有幹勁，我也只能接受。

抵達巴黎之後，我馬上接到突如其來的打工，就是撰寫文章。還有像是蒔繪[88]描線、製作僑居法國的日本人名簿和募款、在知名文人的私宅附近徘徊、寄送贈書這種像郵務員的工作，或是擔任電影的臨時演員。從那之後我所計畫的是，開一間以日本人為顧客的親子蓋飯、蛋黃蓋飯餐廳。這樣的店應該會吸引想躍躍欲試的潛在客人，但是沒有房間和製作蓋飯的技術，加上資金不足的緣故，最終仍無法實現。此外，雖然我還做過看守黑猩猩的工作，但因為黑猩猩實在是太調皮了，我只好默默地逃離現場。

當時，很多日本學畫畫的學生都在巴黎，對於他們而言，也有上中下生活等級的差異，他們那群人的嫉妒與反目情緒相當激烈，只要到工作室附近看看，就會聽到彼此言語中傷，甚至有的內容令人聽不下去。大家都罹患了神經耗弱的症狀。金子光晴這樣難以維持生計的姓名，在碎碎念的畫畫學生之間，已經流傳開來，是個有名的人物，我露臉報上自己的姓名後，就有一群囉唆的傢伙對著我皺眉，而且也有一部分的人毫不掩飾地對我露出「到底要給我們添多少麻煩」的為難表情。

大本教[89]支部的信徒，一位名叫西村的人，請我畫《大本教教祖御一代記》，並答應

86 安德烈·紀德（André Paul Guillaume Gide，一八六九—一九五一）：法國作家，一九四七年諾貝爾文學獎得主。早期文學作品帶有象徵主義，兩次世界大戰的戰間期逐漸轉變為反帝國主義思想。

87 布萊斯·桑德拉爾（Blaise Cendrars，一八八七—一九六一）：瑞士法語小說家。喜歡描寫異國文化，會將旅行過程中的人事物寫進作品。一九六一年獲得巴黎文學大獎。

88 蒔繪：利用漆的黏性，在漆器上用金、銀粉等繪製而成的圖紋裝飾固定，為日本的傳統工藝技術。

89 大本教：日本新興宗教。創立於一八九八年。日本神道十三派之一金光教的巫師出口直子，宣稱自己得到國祖國常立大神的諭示，預言現世將毀滅，彌勒佛世界即將來臨。

給我報酬。為此，我去借來一套六十幾冊的一代記閱讀。大本教因為從日本本部前來歐洲宣傳，必須花上大筆金錢，甚至還雇用捷克人當書記，讓他打字，思考宣傳文案，該教已經有外國人信徒。世界上可能再也沒有其他地方像法國人這樣，對新鮮事物既好奇又喜新厭舊的了。武林文子[90]計畫親自演出大本教宗教劇，到西班牙巡迴，並要求西村出資贊助。只要是看起來能賺大錢的機會，就會引來他人聚集，就像亞馬遜的食人魚一樣。

在那之後，我也做過裱框的工作。名為松田的畫家帶著金錢從美國渡海而來，以協助畫家的副業為名，成立裱框工作室。四、五名同伴一直都在工作室中鑿洞。我們在邊框木材上雕刻大致的樣子後，由另外一批人用砂紙琢磨。松田從事的工作，是在剝去一層又一層古老外皮後，呈現出時代演變感的成品。松田不僅擅長行銷，也在巴黎畫具商之間奔走遊說，以取得訂單。畫家也曾經來這裡購買畫框。像是德蘭[91]等人，就是松田這間裱框工作室的知名顧客之一。但是他將攢來的錢直接放在夾層空間的床下，被他帶進來的女人全偷走了。

我在松田的工作室裡，認識了名叫出島春光的男人。出島用他的三白眼銳利地打量著手掌磨出水泡長繭、一筆一畫雕刻的我們，用鼻子發出不屑的哼笑聲後，極為傲慢地對松田開口：

「我聽說你這傢伙最近手頭滿寬裕的啊，借個兩千法郎左右來花花啊。」

松田露出貉一般佯裝不知情的樣子，彷彿聽不見，無視出島說的話。出島看上去似乎是生氣了，但很快露出得意的笑容，那張長臉厚唇邊浮現帶著些許惡意的笑容，又說道：

「喂，松田。我就再大發慈悲地說一次吧。兩千法郎。如果你手頭緊不方便，那一千七百法郎也可以啦。對你來說也不是什麼沒辦法立刻答應的金額啊。如果沒聽到的話，我就讓你嘗一次拳頭，讓你記得教訓吧。」

說完，他鬆了鬆大衣下傾斜的左肩，冷不防地就朝松田的臉揮拳過去。一旁正在工作的畫家見狀，也停下手邊的鑿洞工作，注視著接下來的發展。松田知道在場沒有自己能依靠的人，一面碎碎念地站起身，走上閣樓有床鋪的個人房。用手指捏著一張千元法郎紙鈔

---

90 武林文子（一八八〇—一九六二）：本名為中平文子。大正昭和時代的隨筆家。與日本翻譯家暨小說家武林無想庵結婚之後，搬到巴黎居住。二次大戰結束後，中平文子主要以自傳、旅行遊記為創作主軸。

91 安德烈・德蘭（André Derain，一八八〇—一九五四）：法國畫家，是二十世紀初期藝術革命的先驅之一，與亨利・馬諦斯共同創建野獸派。

下來後，指向出島的鼻尖。出島一拿到那張鈔票，就像將擤鼻涕的衛生紙揉成一團似的，弄得皺巴巴，塞進大衣的口袋裡，一面伸著懶腰站起身。

「別擔心。兩個星期之後我就會還給你了。」他說完正打算要回去，但又一屁股坐下來，盯著我們的工作看了好一會兒。最後他說：「就先做點苦差事吧。大概沒有再好一點的肥缺了吧。話說你似乎是新來的，叫什麼來著？」他突然話鋒一轉，問到我的名字。我報上姓名之後，他說：「啊，原來是這樣啊。之前就聽說過你了，但為什麼你又來做這樣的事呢？」反應像是展現同為無賴漢之間的義氣。

他一臉凶煞的日本暴力分子樣貌，被稱為日本僑民中的流氓。他原本捨棄以繪畫揚名立萬的途徑，打算仿效藤田嗣治[92]和日本畫畫師戶田海笛[93]的做法，以法國人為客戶，希望最終能在業界大放異彩。然而，過程並沒有想像中的容易。而且，他的日本畫不論是描繪塞納河畔的風景、花朵，或是其他的靜物畫，氣質都太過嬌弱，就像在做畫過程中情不自禁流露出感傷，他的作品既稱不上是詭譎，也並非明顯充滿惡意的低語，更不像是鐘樓怪人的背影那般，總歸一句，就如同少女筆觸般，毫無自信。

不同於第一次見面時的感覺，他似乎非常依賴我。但是，我並沒有因為這樣就放鬆戒心。當時在巴黎正流行一首歌《J'ai ma combine》，意思是：我有我的一套說服法。出島固然有他自己的待人之道，對我來說，我也有自己的手段。怎麼可能就這樣傻傻地當他的同伴呢。那才是真正的同歸於盡吧，所以我一直都避免和他一起工作。

那時，我正企圖謀求一份工作。當時，居住在巴黎的日本人當中，聚集著一票類似敲詐的介紹人、真正的乞丐、寡婦包養的小白臉、人妖、無家可歸的賭徒、無可救藥的年輕人等等。當時，我想到，要向那群人介紹稍微好一點的工作，並以提供合宿為名義賺些錢。在比利時奧斯坦德的牡蠣養殖所，也有兩、三個上次我來歐洲時認識的英國人在那工作，雖然不是說毫無後盾，但正是在這種關鍵時刻，我可不想和人發生激烈爭執。

---

92 藤田嗣治（一八八六—一九六八）：日本畫家。出生於東京，第一次世界大戰前活躍於法國巴黎的畫家。擅長繪畫貓與女人。

93 戶田海笛（一八八七—一九三一）：日本雕刻家、畫家。有多次獲獎經歷。在留學地巴黎過世。

我和那個逮住大使芳澤謙吉[94]、下嫁給他的女人，也就是犬養毅的女兒，在身上繡有金色紋章的守衛進駐的官邸沙龍裡大聲叫罵。也曾說服駐在武官蒲少將，還曾和名為秋山的上校在電梯中大聲喧鬧。那陣子我的情緒似乎有些火爆，大概有兩、三個月，就是過著那樣荒唐的生活，但獲得的僅是不足一萬法郎的金錢。

對於當時那個根本不把對方當人看，自暴自棄的自己，出島一直都很支持我。但是在那段期間，我對日本人相當感冒。特別是來到國外就完全顯露出小氣性格、總是碎碎念、如女人般的狡詐、妨害、誇張地中傷他人，甚至扭曲事實嫁禍別人卻毫不負責、還故作正義地指責對方……我明明知道日本人的各種惡事，卻還是遭受到比自己做的事多上十倍的報應。巴黎愈來愈不宜人居，雖然我逃到了法國里昂，但輪迴隨行而至。我有四、五次趁著夜裡逃出旅館。

就在我經歷那樣過程的同時，出島也遭遇難堪的經歷。他和自稱是莫妮奇伯爵夫人的義大利貴族走得很近。莫妮奇夫人是以出售戶田海笛的作品而眾所皆知，然而，有著魁梧身材、總是披著日本建築工人的半纏制服、看起來怎麼殺也殺不死的海笛卻突然過世。於是出島想利用莫妮奇夫人，莫妮奇夫人也想藉著出島的作品做為賣點，雙方都想從對方身上獲得好處，因此一拍即合。但是，對於金主莫妮奇夫人而言，其實當時已不具備能讓出島一舉成名的實力了。在法國布洛涅附近的茶館，聚集一群外表看起來與莫妮奇夫人同樣是巴黎一流階級的貴婦人，實際上她們卻身無分文，各自懷著想要將茶館消費的帳賴在他人頭上的想法。她們對於出島的畫只是回應：「喔，很棒啊！」或是「我是第一次認識到日本的美」等等，明明一點購買的意願、能力都沒有，卻要得人團團轉，就這樣白白浪費時間。

遭遇到那種事的出島，某天對我說：「日本有位大型公司社長的笨兒子，要帶他的妻子來見我。我想至少這場合該穿西裝，幫我一下。」我馬上說：「我不喜歡這種協商的場合。」他堅持地說：「只要在旁邊安靜地陪著我就好，如果能幫我用眼神瞪人，增加氣勢的話就更好了。」於是我們就一起出門。

94 芳澤謙吉（一八七四―一九六五）：日本政治家。曾任犬養毅內閣的外務大臣，也是唯一兩度出任駐中華民國大使者。其妻是犬養毅的長女。家中有多位成員從事外交工作。其女婿井口貞夫曾駐任中華民國、駐美大使。外孫女是現任日本外務省國際協力機構理事長緒方貞子。

我到了現場，一聽之下才發覺，他所謂的協商幾乎是吞吞吐吐，最後根本像在懇求對方。最後他雖然獲得對方出自於同情而給予的二十法郎，但當我一說給我十法郎之後，他就說等等，讓我回家之後再說，便逃命似地搭上巴士。我原本打算追到他家跟他平分那二十法郎，於是等下一班公車，但不知道哪根筋不對，我走到矗立在公園內，黃葉紛落之中的喬治桑銅像前，仰望著喬治桑的臉一邊思考。

我猜想，他之所以對金錢展現出露骨的貪婪，其實也是為了他的法國情婦。那位法國女性身材修長，以他的條件而言實在配不上。為了情婦，他不惜將二十法郎據為己有，不顧和我之間的情分，也要將自己手上的錢忙不迭地送到她面前。而那名情婦只是讓他為她按摩全身，卻不允許肉體關係，然後拿著他給的錢，和其他情夫一起到普羅旺斯遊玩。他明明知道這件事情，卻也無能為力，於是漸漸地，他開始自悲自憐。我和他在安特衛普訣別的時候，就像我推測的，那聽起來令人不舒服的咳嗽方式，意味著他胸中的疾病比想像中擴散得更快。我回到日本之後，便聽說他已經過世的消息。

雖然出島直到過世仍一直給我添麻煩，但在奧爾良大道的舞台夜總會上，巴黎人協助我一起募款，豎起旗幟，送花圈，比照法國畫家的待遇為他服喪。為了出島的後事，我希望能好好地向巴黎人的善意致謝。出島對於日本感到絕望，出走到異國流浪仍不得志，又被女人背叛，不得不擺出一副壞人模樣生存，但實際上是個心地善良的人。為了讓他的靈魂安息，希望至少巴黎能成為他安眠之地。

接下來我試著舉出另外一名絕望者的例子。那就是光從外表看都覺得可憐的瀧口老人。他以飛行將校的身分，前往巴黎研究飛機構造，卻因為一次墜落事故，雖然勉強從鬼門關救回性命，但從那之後，他的思維便開始異於常人。他懷疑法軍當局是蓄意製造那起墜落事故，也擔憂法國政府會怕他洩漏機密，想盡辦法要讓自己消失等等，他只要一杯黃湯下肚，就開始滿嘴被害妄想。就這樣，幾乎沒有多少人知道老人究竟已經住在巴黎多久，若是從第一次世界大戰爆發的十年前左右開始計算，應該已經在巴黎生活超過二十年了吧。他除了從不識貨的法國骨董商挑選出被認為是一文不值的日本骨董，轉賣給來自日本的附庸風雅人士之外，似乎也兼職做其他工作勉強餬口。對於我幾年前來巴黎時見面的園丁，他也非常了解他的事情。

瀧口老人在義大利街那一帶的旅館五樓租了一個房間，雖然懷著對西洋生活的恨意、厭惡，卻早已放棄回日本的念頭。他惡意地誇大法國人的言行舉止，並將這類內容當作吃飯閒聊時的話題材料，他不知道從哪裡買到日本的榻榻米鋪在地上，穿著一件浴衣坐在那上面，打開一小罈葡萄酒，享受著他唯一的生活樂趣。

「請您快點回日本吧。畢竟對日本人而言，還有日本這樣一個好歸宿啊。而且日本擁有真正芳醇的頂級清酒，不用喝這種苦澀的葡萄酒啊！原來大家都會拜託回到日本的友人寄一罈給還在這裡的老人，結果大家都忘了，沒有任何人記得寄酒的請託。請您快點回日本吧。最重要的是，生活本來就是必須踏實地過，緊跟著大地的作息生活才是最好的，所以在這種五樓，過著漂浮不定的生活，一定會漸漸失去做為一個人類的姿態的。」

我的話還沒說完，突然間，他的眼神變得不安恐懼，無法冷靜，環顧四周後才開口：

「所謂法國人啊，真的是相當陰險又惹人厭的族群。既薄情又冷酷，格外下流。像這樣，就算只是單純地和你聊天，他們也可能在哪個地方一起聚精會神地偷聽。不趁著還能回去的時候回去，才是真正了不起的行為。我這個被監視的老頭子，已經打定主意一輩子都不回去了。這些事我只告訴你啊，像是劍格[95]、好刀等等之外，日本還有很多好東西。

他們明明完全不了解，就跑去日本偷。所以我就用相當低廉的價格跟對方買，騙到手後，再讓日本人把日本的寶物帶回去。這件事情可不能跟法國人說喔。那些傢伙啊，腦筋可是動得很快的，從明天起可能就緊抓著寶物，不輕易賣掉了。」

他就是要跟我說這些。

不論是出島，還是瀧口老人，只要一想到要離開法國，就會變成相當寂寞的存在。就像是被拋棄在南極海冰島上的狗。

在回程的船上，從下等船艙內的上鋪窺看下鋪，看到一個因為沒錢而被強制遣返，面色蒼白的文學青年，就像被汆燙過的鯨魚尾薄片般，白白的、縮成一團躺臥在床上。青年名叫M。聽他說起日本，讓我第一次覺得，自己就像浦島太郎聽著家鄉歷經滄海桑田，產生一種不可思議的想像。

---

95 劍格：劍身與劍柄之間作為護手的部分，是刀或者劍的主要配件，除保護手掌外也是拔刀時必用的部位。

話雖如此，對我而言，外國和日本都是浦島太郎的故鄉，這一點並未改變。不論在逃離日本後，跋涉至此的歐洲大陸，還是在歐洲也逐漸無地自容而回到日本，迎接我的，依舊是冷淡、無情的表情。不過，從M口中聽到的日本文學世界，則是發生了顯著的改變。背景是，接連於明治四十四年、大正六年發生的中國辛亥革命、俄羅斯革命，不僅成為即將到來的日本革命所誇耀的活人獻祭，也隨處可見那群言行舉止狂妄到旁若無人的左翼學生，或是自稱為鬥士的一夥人身影。像是小林秀雄[96]、三好達治[97]等，聽到那些我不曾耳聞名字的年輕人四處奔走，覺得那樣的改變相當罕見，而我也清楚知道，在我即將回歸的日本國土，屬於我的立足之地已非文學或思想的世界。

一如我所料，面對日本新一代知性文學人物，我確實難以與之匹敵。於是我住在新宿一帶的愛情旅館，必須找到今後在日本賴以為生的浮木。

不過在我尋找過程的空檔中，有時會坐在大宗寺閻魔堂的石階上，有時會在附近的一間門票十錢的電影館內，一面拿著焦糖餵給腳邊四竄的老鼠，一面看著銀幕上放映的三味線伴奏影片，描述著品行善良到極為不合理的好人，輕易地就被一大群壞人幹掉的情節。事實上對於這樣的內容，我絲毫不為所動，總是在半睡半醒之間看完。也有不幸的女子遭男子欺騙，淪為賣春女受盡折磨的故事，在場也有看了這樣的故事後不斷嗚咽啜泣的女孩。

由於那些情節仍保留著十年、二十年前的義理人情，事實上我是開心地幾乎想要叫出聲。在一旁偷看那女孩的表情，我有一股衝動想要上前搭話：「真的，很可憐，對吧？其實我也哭了喔。」但腦中的聲音阻止了我，叫我不要做無聊事。

我所住的公寓一樓是中華料理店，二樓由於住著成為新秀小說家、即將名滿天下的孩子的母親，肚子餓的時候，就會讓我去一樓店舖幫她帶中華料理回來吃。在那段期間，有兩、三人上門。據說地下潛伏著左翼的募款資金。

我大約有一年的時間，在愛情旅館努力地生活，然而因為沒有賺錢的管道，積欠一大筆住宿費和批發鋪墊的貨款。大概是歷經長期旅途的後遺症吧，每天總覺得凡事提不起

96 小林秀雄（一九〇二—一九八三）：確立日本文藝評論的靈魂人物，影響後世大多數的文藝評論家。晚年則是保守文化的代表人物。父親小林豐造是日本近代知名工程師、經營者，將自身在比利時學習到的鑽石研磨技術引進日本，並發明留聲機指針技術等。

97 三好達治（一九〇〇—一九六四）：日本詩人、翻譯家、文學評論家。

勁，就連出門籌措必須的生活開銷都嫌麻煩。這樣的生活，自然也不會有找上門來的人。除了我在長崎認識至今的舊友正岡容，以及碰巧在南千住泡盛屋結識的山之口貘，時不時還會來我家。

山之口是從琉球來到東京的男人，因為不知道想做什麼，而做過各式各樣所謂下賤的職業。當時，山之口在兩國的一座大樓地下室醒過來，發現自己身上的錢被大樓一間針灸學校的朝鮮人老師騙走。在那之前他都是住在廢棄水管裡。和日本詩無緣的我，只對他所寫的詩感同身受，理解他的心境。

正岡容則是打算生活在明治的義理人情中，就算模擬現代情況給他看，他還是認為這個時代被華麗的表象蒙混，主張有許多不合情理的地方。另一方面，他很容易三分鐘熱度，謹慎和善但也容易招來他人誤解。之前因沉迷於浪曲[98]師玉川太郎的音樂，還和手足約定好，和我不認識、新娶進門的妻子，一同住進太郎位於瀧野川的家的二樓。太郎因受到小金井一家的照顧，改名為小金井太郎，是浪曲師第一代玉川勝太郎的頭號弟子，也是現在被稱為「次郎」的勝太郎的師兄。隔壁住的是橘百圓[99]，也就是現在的圓太郎夫妻，我最頻繁來往的大概就是這群人。在瀧野川窪地中，靜靜地擁抱著義理人情、大笑，以及貧窮度日。

左翼勢力在地底下貪婪地壯大勢力，和捕快大玩你追我跑的遊戲，也曾在警力追捕下被逼到絕境。繁華的街道上充斥著非特別必需品，而花錢就能收買的女人們，則是在街頭徘徊。故意威脅像有島武郎[100]和芥川龍之介[101]這類正直又過分敏感的人，甚至將他們逼至絕路的那些潦倒左翼分子，究竟是在幹什麼呢？總之，任何地方都已經不見他們蹤影了。就像松旭齋天一[102]的魔術一般，即使在皮箱底部的裡裡外外，揮動著手杖展現給世人看，也

98 浪曲：又稱浪花曲、難波曲等，是日本說唱藝術形式之一。演出方式為一人說唱，三味線伴奏，情節多取材自民間故事。

99 橘百圓（一九〇一—一九七七）：橘家圓太郎為東京落語名門，現代已傳到第八代，本文所指為第七代，本名為有馬寅之助。原本是區公所職員、證券公司社員，直到一九二五年進入初代橘之圓門下，並繼承橘之圓名號。

100 有島武郎（一八七八—一九二三）：日本近代小說家。留學期間深受惠特曼、尼采等人的影響，回到日本後參與文藝雜誌《白樺》的編輯，是白樺派代表人物之一。最後殉情而死。

101 芥川龍之介（一八九二—一九二七）：以短篇作品《竹藪中》、《羅生門》、《蜘蛛之絲》等名留青史的日本知名小說家，徘號「惡鬼」。精通漢學、日本文學與英國文學，然而一生深受疾病、憂鬱所苦，最後服毒輕生。

102 松旭齋天一（一八五三—一九一二）：日本魔術師，本名服部松旭。其最出名的弟子是日本明治時期的女魔術師松旭齋天勝。

是空空如也。

我在那五年的旅途中，做為紀念品帶回國的，並非只有歸途中俯臥在新加坡報社中完成的作品《鮫》。我心中難以忍受的是長期受到西方的支配與壓制，被當作英國、荷蘭殖民地的弱小民族的悲哀，對於他們「文化依賴症候群」寄予同情。但是，能靜靜討論那類話題的人，只有貘先生一人。

左翼分子只要一被捕鼠器抓住，在還沒遭受惡劣官吏的手下拷問之前，就已經嚇得頻頻顫抖，像孩子般大哭著會反省改過。只有頑強倔強的傢伙才會遭遇殺害，或是嘗到如殺害般的苦難，被丟進毫無希望的監牢裡。

究竟這是為什麼呢？是什麼改變了呢？文化就像開得芬芳的花朵，卻太過美麗，彷彿不是世間的所有物。人們穿戴打扮，街道一片繁榮，但就像是與現實的世界脫節的虛構畫，每天都只剩下「這樣真的好嗎」的不安餘波盪漾。我從法國歸來的路上想像的緊迫氣氛，絲毫不存在。

由於滿州事變爆發，導致居住在巴黎的日本人備受白眼洗禮。安特衛普的中華料理店「中國酒樓」甚至拒絕日本客人，布魯塞爾的兩百名中國籍留學生，更是行經日本大使館，高唱「中華民國萬歲」。

在檳島和新加坡，高舉著「打倒侵略帝國主義日本」旗幟的女性，為募款給當地軍隊而大聲疾呼奔走，白川大將軍敗亡，忠勇馬占山[103]的大勝利成了當地的號外，陷入瘋狂的群眾點燃鞭炮並高聲喊叫，被捲入了「新世界」的漩渦。停靠黃浦江的汽船，乘客不被允許上陸。碼頭前方往楊樹浦的方向堆積許多裝滿砂土的袋子，只見手拿刺刀的軍隊，每隔一間[104]站立的景象，絲毫不見任何苦力，只有砲聲不斷轟隆隆地響徹。

相反的，從抵達日本港口以來感受到的寧靜，究竟是怎麼回事呢？但隨著安穩待在日本的時間愈長，一個月、兩個月，到過了半年，總覺得某種沉重感從身體影響到內心深處，讓我咀嚼著那種反饋。若要比喻，應該就像是一輛裝甲自動車，或是戰車的履帶。從地面傳來的震動讓建築物的基礎產生搖晃，也傳達到家中的家具擺

103 馬占山（一八八五—一九五〇）：東北軍將領，曾於江橋抗戰率部隊抗日。

104 一間：一間約六尺。而以現在的單位換算，一尺約三十點三公分，因此一間相當於現在的一點八二公尺。

設，裝飾品晃動，人體也感受到共振，敏感神經被挑起，開始想像著所有的不安，身體顫抖，不知不覺和通往絕望的道路相連。軍隊的行動，是傳達給民眾的微妙反應。

當中日甲午戰爭、日俄戰爭爆發之際，民眾以年輕氣盛的熱情，掩蓋了日本國內對於軍隊實力的半信半疑。但是，昭和的民眾已經不再擁有那樣的熱情。相反的，對於成為世界級軍事大國的強大軍力，抱持著與己無關的疏遠態度，就像大資本勢力已經打破各個利害關係的藩籬，開始暴走一般，當時整個情勢，恐怕已被拽向非自己本意的方向發展，那份不安至今仍印象深刻。巨大的憂愁罩頂，至今依然籠罩在國民之上。

當時我的心情尚屬樂觀。出自於大正的良心，我對於當局嚴厲鎮壓激進左翼革命論者的政策，無法完全舉雙手贊成。聽聞軍中派閥林立、分裂的大眾，是否還保有如過去般的信賴，是個相當大的疑問。大眾真正希望的，應該是走上比現狀更加飛躍的發展路徑吧。我一直認為這份寧靜，正是民眾對於無法預測到軍隊動態的情況下，保持寂然無聲、偃旗息鼓的姿態；這和「暴風雨前的寧靜」的氛圍不同，而是從批判、大眾議論精神出發點，守護著國家。

然而，我的這種想法實在太過天真。大正的思想、文化的自由，是有附帶條件的。知識分子在知識方面，與其說是上知天文下知地理，不如說是徹底地將知識用在曲解原意上，以達到自身目的。這種技能，難道不是日本人最擅長的嗎？

昭和七年五月十五日，主張國粹主義的青年將校策畫了一起軍事政變，暗殺首相犬養毅。昭和十一年二月二十六日，也就是所謂的「二．二六事件」爆發，高橋是清等現役大臣皆遭到暗殺。然後，終於在昭和十二年七月七日，以蘆溝橋附近龍王廟所發生的小規模衝突為導火線，演變成日本在第二次世界大戰中諸多暴走行為的開端。

於是我的眼前又再一次地，上演與當時我在丸之內大樓內觀賞陶器展時遭遇的經歷。就像是所有有價值的陶器品，因地震搖晃而掉落地面，碎成一地。日本以佐藤信淵「混同祕策」[105]的精神，做為統治朝鮮、中國的侵略思想根本，定調為學生思想教育的最優先順位。昭和十二年七月七日，日中事變爆發後，緊接著在八月五日竟又發生令人匪夷所思的

105 混同祕策：十九世紀初佐藤信淵在《宇內混同祕策》中主張以神道教統一世界，設計出一套周延侵占中國的祕密對策。認為日本要先取得滿州，然後統治整個中國。這是歷史上第一本用學術研究的方式，系統地研究侵華策略的學術文章。

事情，武田麟太郎[106]位於神田淡路町的人民社，出版一本由本庄陸男[107]擔任負責人，完全脫離時節的，我所寫的反戰詩集《鮫》，且由郁達夫所提字的「鮫」字做為封面。

106 武田麟太郎（一九〇四—一九四六）：日本小說家，專門描寫底層社會的風俗與群眾悲歡情緒。加入全日本無產階級藝術聯盟等革命文學團體，從事工會運動。一九三三年，與林房雄、川端康成、小林秀雄合辦雜誌《文學界》。在中日八年抗戰期間受徵召入伍，而後因病過世。

107 本庄陸男（一九〇五—一九三九）：日本小說家。代表作為描寫明治初期北海道開墾團的苦難經歷《石狩川》。

四、焦躁的「日本鬼子」

昭和前期的良心疼痛著

兒子啊。全身溼透的你
拖著沉重的槍，喘著大氣
像是茫然自失地走著。那是哪裡？

不清楚究竟身處何方。但是，那樣的你
父親和母親都會出發尋找，儘管漫無目的。
重複做著那樣夢境，令人討厭的一夜
漫長、不安的夜晚終於迎來破曉之際。

大雨歇停。
事實上，在兒子不在的虛幻天空中，
這一點也不有趣。
就如同洗到褪色浴衣的
富士山。

出自詩集《蛾》

1 中國境內的日本人

日本橋老茶屋老闆的可愛兒子，因為不願前往戰地，藏身在茶葉箱中。據說，憲兵最終還是找上門，父母也來不及阻止，憲兵就用刺刀刺穿茶葉箱，殺死了躲在裡面的兒子。不知道是真是假的故事在坊間流傳開來，如果是在明治時代，茶屋一家人的情況，無疑地會被視為非國民，並發動類似於誹謗的攻擊。然而，那些告訴我來龍去脈的人，都露出這件事情相當殘忍的表情，因此，我很清楚知道，比起責備那對親子的行為，事實上有更多人震驚於憲兵的作為。不論是軍事叛變或暗殺，基本上只要想到軍方，幾乎都是令人厭惡的，卻忘記了那些會牽連到自身的麻煩事。昭和初期，國民和軍方的距離就是那樣的疏離。而且軍方比警察更加冷酷無情，像是機械般地執行任務，甚至連解釋的餘地都沒有，那種讓人心生畏懼的壓迫感，逐漸深植人心。

證據就是，不論是言論還是新聞報導，只要在軍隊面前就直接舉雙手投降，即便是違心之論，都遵照軍方的命令行事，內容寫得和真的一樣，必須激起國民高昂的戰鬥意志。軍方則是拚了命讓國民沉默。由於長久的太平盛世，要讓失去警覺的國民恢復高度緊繃的情緒，他們認為最簡單直接的方式，就是讓國民變成當年甲午戰爭、日俄戰爭裡忠勇無雙的軍國主義國民，但這樣的想法和國民似乎天差地遠。就算大正的良知再怎麼薄弱，進入昭和之後，也都成長茁壯。就算政府當局打算全面改回明治時代的規範，也因難以符合時代發展，無法順利推行下去。

坦白說，其實大家一直都無法接受為何會捲入戰爭。而且，對於究竟為何要戰爭都似懂非懂。與其說不論怎麼說明，民眾都無法理解，實情是，愈解釋愈說明就愈讓人不懂為何必須犧牲到那種程度。換言之，國民不接受為了和自己毫無關係的第三者利弊得失，被迫背上愚蠢的責任。

其實昭和人比起明治人，算盤更打得精。所以，不論軍人如何行使軍事獨裁的權力，也不會再像以前一樣。但即便是從前，雖然不至於到誰都能單憑個人喜好而擅自發動戰爭的地步，但基本上，民間和軍方有一定的共識基礎，所以事情只要浮上檯面，還比較好處理。

光是在我的周遭，就有許多秉持各種不同主張的朋友。妻子們通常都是小心謹慎，雖然不會亂說話，但為了這場不知何時結束的戰爭，會事先採購大量的生活物資儲備，也拚了命尋找購買物資的管道。甚至還做過一噸糖程度的大筆交易。

我的義弟菊池克己，堂而皇之地跟我放話。這男人親眼看著自己的朋友被拷問，為了不讓自己被痛苦的記憶折磨，最早改變立場。但是，拷問程度的威脅就像收買人心，其實不盡然能自由操縱人心，看多世面的警察當局對此早就了然於心。因此，即使他十年前就已經改變立場，警察當局還是不時以小事情為藉口，假裝路過的樣子前來探查。菊池雖然平常相當謹慎，但只要有酒，就不知天南地北，失去戒心，哇啦哇啦地傾訴警察有多殘暴對待他的鬱憤。

正岡容來玩的時候，兩人曾經見過面。不論是生活環境、興趣都南轅北轍的兩人，因為對於戰爭的憎惡情感一致，聊得很愉快。菊池表示：「這場戰爭如果拖愈久，勢必愈有可能引發一場共產革命。」結果正岡回他：「怎樣都好，我最不想看到的就是共產革命真正發生。我真的討厭戰爭。」這種前後矛盾的對話，聽起來比落語演出有趣許多。

話說到一半，外面下起大雷雨，落雷劈在附近的大櫸木，立刻燒成一柱火柱。菊池與正岡都很討厭雷聲，暫時拋下戰爭的議題，就這樣抱著頭趴伏在地上。對於狐妖作祟、神佛靈驗深信不疑的正岡，當雷劈下的瞬間，彷彿看到雷獸跑上樹木。他們那副怕得要死的神情，看在外人眼中實在很滑稽，我站在窗邊，凸出自己的肚子，說著：「來抓肚臍吧。來抓肚臍吧。」[108]一面拍著肚子給他們看，正岡立刻出聲制止：「別這樣，住手。」還合掌膜拜。那樣的正岡，現在也不在了。酒品不佳的義弟也在回家的途中，不慎落入玉川上水，屍體泡水了一週都找不到。

岡田住在我位於吉祥寺住家附近的幫浦店，穿著像是消防隊員制服的柔道服，一副要把人過肩摔摔倒在地的架勢前來工作，說到戰爭相關的話題，他正坐著，開始滔滔不絕，講了一、兩個小時關於軍隊的愚笨與惡劣。特別的是，其實他並無排斥軍隊的思想，卻仍舊沒來由地討厭，很多時候都是漠不關心，他也漸漸不隱瞞那些情緒。

五、六個坦誠相見的朋友，彼此會為了偷偷聊這些話題而相聚。在松戶用一點錢開餐飲店的老人G，就是成員之一。他是個很不可思議的人物，從以前開始就深信，如果日本不是共和制國家，可能會提早亡國。這想法似乎是受到誠懇的外籍宣教士感化。

老人G和吉原醫院的H醫師是伙伴，主張戰爭亡國論。那幫人當中，也有人將瓦解期的共產黨祕密出版的刊物塞滿整個大布包，說是要寄放在我這裡。那是言論相當激進的刊物，眼看輿論隨著戰爭白熱化而沸騰，我原本打算埋在小庭院的黃楊木根部，卻沒想到挖出一具變成木乃伊的小狗屍體。

在他們之中，最常因為討論到戰爭的話題，表現出不平不滿情緒的人，就是流浪詩人山之口貘。由於山之口和誰都能毫無芥蒂暢談的個性，老人G和山之口經常如影隨形，就這樣沿著神田、丸之內方向走去，或再走回來，或坐在銀行前的石階上休息，抑或坐在有店面的咖啡廳聊天。

和軍方之間有特別交易的特權商人，刻意在美、英兩字加上犬字旁，高舉著「擊潰⿰犭米⿰犭英」的旗幟。如果要說他們和在省線電車中狂傲說教的國粹主義者有什麼區別，那就是他們心裡真正想的，是戰爭的迷惘。但是，如果將這種迷惘說出口，就會得到恐怖的詛咒，因此最正確的選擇還是不要說出口。這就是老人G和山之口最後得到的結論。

另一方面，也有人一味深信報導，在牆上掛著大大的中國地圖，每天早上看完報導

108 日本民間傳說雷公會吃小孩的肚臍，因此打雷的時候要遮住肚子，不讓雷公看到。

後，就將尖端削成針的小小日之丸旗幟，插在占領地的位置。有熱中於皇軍大勝利的公司高層，也有人對此毫不相信、絲毫不願讀報。聽著外國的廣播，雖然關於軍方的奇怪傳聞滿天飛，也完全無法取信於民。

我在中央公論社的畑中繁雄勸說下，注意到這場戰爭勢必得從長計議。當時是蘆溝橋事變爆發的一九三七年，十二月即將結束的時候，我以化妝品公司的商業視察為名義，辦好手續帶著妻子前往中國北方。船隻從神戶出發。由於我們是搭上滿載軍人的運輸船艦順道過去，待遇就和一般貨物一樣。在鋪著竹蓆的木板上，大約三百名民間人士擠成沙丁魚，腳一彎起來就再也沒有可伸直的空間，若躺下時是臉朝左邊睡、就再也無法翻身向右邊的窘境中，我和妻子兩人勉勉強強地互擁著。

船上食堂的空間反而空曠，我們緊挨著鍋爐旁邊的位置。結果，從遠處位置射來一道眼神，有著狆犬般面貌的男子漸漸走近我們，囉哩囉唆地問我們這趟航程的目的、出生地、職業等。我立刻就明白他是隨船警察。他一整天纏著我們，知道從我這裡問不出什麼之後，就算已經走遠，還是一臉不甘心，不斷望向我們這裡。船抵達塘沽之後，他就消失蹤影。

港口的泥漿上浮著冰，並列著只用泥土固定的房子。士兵優先下船，之後民間人士才獲得下船的許可。很多都是帶著女人小孩，甚至是高齡者的家庭。這場突如其來的戰爭打得如火如荼之際，也有一群打算寄託微小的幸運、發展新事業的伙伴。除此之外，還有逐漸習慣往返中國與日本內地的人。一聽到對方說話的口音，幾乎不是長崎方言，就是關西腔。也有將前線視為可大賺一筆機會的賣春女，或是打扮像舞者一樣的女性隻身前來。

他們和我平常在東京接觸到的人印象完全不同。不論男女，和戰爭本身密切接觸，利害關係一致，毫無隔閡，基於一觸即發的緊繃關係相互結合，彷彿是命運共同體。恍然間，我甚至覺得這場戰爭似乎是為了這些人開打的。

穿著羽織外套、臉上只有鬍子濃密生長的窮酸樣老人，操著濃厚的九州腔，對著從船底掛上粗繩拉上去的行李不斷指指點點。他和我在馬來西亞拜訪的賣春女仲介老人有著極為相似的氣質。很像是經營料亭或像妓院那類風化場所的老主人。那盆裝著松樹的豪華盆栽一被繩索拉上去，老人馬上就說：「樹枝會纏住，一根都不能折到。為了不損壞盆栽，請務必溫柔對待。這是要在最重要的正月裝飾在玄關的盆栽。」一邊說邊在船隻貨物出入口附近徘徊，聲音都喊啞了。

由於繩索不是那麼牢固，大箱子在運送過程中鬆脫掉落，木製蓋子翻開，裝在裡面的漆器餐具和碗滾了出來。負責搬運貨物的下級船員還踩碎了餐具，老人看了脹紅著臉，怒氣沖沖地揚言：「我好歹和將軍同鄉，姓氏也一樣，我和將軍可是從小一起長大的朋友。等我到了軍司令部，這事可不會這樣就結束了，我一定會要你們負責。」

我們一上陸，中國北方十二月的寒冷，是名副其實的凜冽，就像是用手直接觸摸打破在地的玻璃罈的鋸齒狀邊緣。而且，還有眼睛充血的日本兵舉著刺刀對準我們，一直瞪著延續到車站的人龍。

天津則是發生嚴重的暴動。那裡已經引來大批日本人聚集，是趁火打劫的小偷，也是事前來確認究竟該從哪裡咬住中國的同夥。從大阪道頓堀起家、來到中國發展的大型卡巴萊[109]不分晝夜，似乎都是那群人在鬼混。在酒精與女人的漩渦中載浮載沉，一面展開交易買賣。從前線替換下來的年輕士官戴著蒙古帽，穿著泥靴，旁若無人，大搖大擺地坐下豪飲，覺得厭煩了就沒來由的一陣怒吼，所以也有想偷偷逃走的客人。

日本有名的百貨公司也在這裡開張，女孩們說著簡單不成句的日語，露出惹人憐愛的笑容。繁華大街上，販售來自日本的雜貨、紀念品等商店林立，就像是置身在日本街道，不過其中最引人注目的，是日式料亭、居酒屋、咖啡店、酒吧、關東煮等擁擠雜亂的生意區，以及在街上到處搭訕的皮條客、賭客等可疑的人群。

各處都有為了目睹戰爭前線、撰寫報導而來的同業或知識分子，彼此殺氣騰騰地不斷論戰直到深夜兩、三點。我在那樣的場合認識了杉山平助[110]、拄著拐杖的早坂二郎。早坂被在中國北方傀儡政府擔任重要官員的舊友叫來中國，原本保證會讓他出任政府顧問職，但那位官員在北京飛往新京的班機上吃了鮪魚鰭後，就染上痢疾，沒多久即一命嗚呼。早坂的如意算盤破局後，打算馬上就回日本，這兩、三天一直沉醉在酒精裡，到處遷怒。

109 卡巴萊：一種包含喜劇、歌舞以及話劇等元素的歌廳式音樂劇演出，盛行於歐洲。表演場地主要是有舞台的餐廳或夜總會。

110 杉山平助（一八九五—一九四六）：日本評論家，以冰川烈為筆名，自一九三一年起在東京《朝日新聞》發表諸多文章，政治傾向為軍國主義。文章風格在當時被稱為毒舌派。

早坂對於日本資本家，情緒特別激動憤怒。由於他掌握回收敵方陣營發射的砲彈彈殼的權利，因此大罵：「三井這些日本大財閥，什麼時候墮落成回收死人金牙的火夫[111]了？」然而那些外快也只喝得起一杯招待客人的酒，即使如此，他仍不改狂妄說道，那些只會搖著尾巴諂媚的軍隊幹部，都是可憐蟲。他的下場就像痛罵三國時代魏國曹操的禰衡，之後，他也因為發言招致的災難賠上小命。因為對皇后出言不遜，被憲兵殺死。但根據我從北京更深入內地的所見所聞，可以理解他所說的並非毫無根據的謊言。

北京的清水安三[112]，和上海的內山完造[113]，都是在戰爭中受盡苦難的人。清水為了讓中國的子弟接受教育盡心盡力，深受中國人的愛戴崇慕，內山則是從中國政府官員手中，保護魯迅等許多中國知識分子，並給予援助，幾乎可以說這些人都受過內山的照顧。內山的行動，純粹是出自於熱愛中國的動機，並非是背負日本的國運。那些人的立場，其實是相當纖細脆弱的，光是旁觀也深感悲慘。

我有年輕的日本朋友從事文學雜誌《黃土層》出版。在那些同好之中，有讓我思考更加進步的文士，對於軍隊的暴行、日本人狼藉的一面，包含著源自於重情重義的年輕純情所產生的憤怒，也會在四下無人的地方悄悄交談，然而我不能藉機大做文章。我特別戒備那些情況。因為有那麼一絲可能，那些人其實是間諜也說不定。我只是邊聽邊「嗯、嗯」附和，不論同意與否，都不能讓他們掌握到我真正的想法。他們究竟怎麼了，也不是我現階段應該探詢的。

在中國生活、特別是打從心底愛著美麗的北京、漸漸地不願再回到日本的人們，對於破壞如此美好的北京前來的日軍，或像是來搶奪的日本人的所作所為，他們只能焦躁地在一旁看，內心卻充滿了憎恨。這種情緒我是明白的。

尚賢公寓是清朝時代大官官邸遺跡，現在主要用於出租，在這裡娶了美麗的中國婦人

---

111 火夫：火葬場處理死者遺骨的人。

112 清水安三（一八九一—一九八八）：日本知名的教育家、牧師，是日本基督教學校櫻美林學園的創辦人。一九一七年前往中國大連展開布教活動，一九二〇年搬到北京，為當地貧窮人家的女孩子開設職業學校，名為崇貞平民工讀學校，之後改名為崇貞學園。

113 內山完造（一八八五—一九五九）：漢名為鄔其山，從一九一六年至一九四七年旅居上海，因被中華人民共和國政府認定是間諜而遣送回日本。內山也是魯迅的密友，曾四次掩護魯迅避難。

為妻，並居住於此的日本人之中，有位名叫村上知行[114]的中國研究家。他對我說，當日軍發動空襲時，他總得要安撫他那因為恐懼、不可自拔邊尖叫邊衝到中庭的妻子，他也因此在心中衍生許多複雜的情緒，向我傾訴他選擇和敵國女子共結連理的煩惱。特別是，因為他倆是基於複雜細緻的愛情而結為夫妻，村上的立場也是希望能和妻子共度一生，對於日本違反道義的行為也只剩下憎惡。

還有一些人也與村上的情況類似。像是有東北口音的《北京新聞》社長，確實就是那種希望能在北京老死的性格，也是絕不希望北京成為日本領土的人。我雖然很難將這類日本人的心理比喻為寶玉，但對於奉行軍國主義的日本而言，那樣的心態很明顯的就是非國民。

其實不論哪個國家都一樣，特別是認為沒什麼大不了的中國民眾之中，也存在著不論如何、一定要有愛國情操才能活下去的、極具大國人民風範的人類。為了不讓那些人留下痛苦的記憶，我打從心底希望日軍能停止侵略。

比方說，往年在上海，我會和田漢[115]、唐槐秋[116]一起遊玩，爬上大世界遊樂場的屋頂時，我突然很想上大號，田漢還特地幫我找廁所，進去了一間像是黑暗的穀倉廁所。廁所裡面有些昏暗，到處都擺放著大型酒器，我就坐在那酒器上解手。

結果一看，一名老人就坐在那和我正對眼。我們兩個不發一語，解決自己的生理問題。老人最後拿出唐紙，慢慢地對摺成兩半，沿著摺線撕開，又將其對摺，變成四張紙。一臉若無其事地凝視著紙，然後靜靜地伸長手臂，遞給我其中兩張紙。我也默默收下。老人家的樣貌，以及不是那麼難以解釋的行為，是一種超越認識與否都能表現淡然自若的善意，我親身感受到中國人心胸的寬大，難以忘懷。我對田漢他們說起這件事情，他們卻笑得人仰馬翻，覺得太有意思。

114 村上知行（一八九九—一九七六）：日本的中國文學翻譯家、中國評論家。一九二八年前往上海，自一九三〇年起居住在北京，發行中國相關評論或是當地採訪報導。他拒絕支持日本的戰爭政策，表達嚴正反戰立場。戰後以佐藤春夫為名義，翻譯中國四大奇書。

115 田漢（一八九八—一九六八）：中國小說家、詩人、社會活動家，也是奠定中國現代戲劇發展的始祖。曾使用過伯鴻、陳瑜、漱人、漢仙等筆名，並創作中華人民共和國國歌《義勇軍進行曲》的歌詞。一九六六年，在文化大革命中遭到批鬥，兩年後死於禁閉。

116 唐槐秋（一八九八—一九五四）：中國知名演員、導演，一九一一年至一九一六年留學日本，一九一九年赴法學習航空機械技術，一九二五年回到上海，隔年與田漢組織南國社及廣東戲劇研究所。

北京還有像前述所提到的日本人，但回到天津之後，不知是否因為是日軍的據點，相較於北京，這裡的日本人更加貪婪。在《京津日日》報社工作的永瀨三吾提供我床位，我在那裡住了幾天，但因為客人實在是絡繹不絕，決定還是換地方住宿，漂泊各地，心裡始終沒個穩定踏實的感覺。

在這裡，我和M君相隔了二十年左右終於再見面，M君是根據姓名學將我的名字從「保和」改為「光晴」的人。他二十年前就杳無音訊，然而開戰兩年後我曾無意間在新宿車站前看到他的身影，當時我們彼此都有急事，因此只是稍微停下腳步，簡單聊了幾句。當時的他，在毛織的和服外面穿上毛織的短外套，拄著拐杖說：「我現在又要出發去滿州了，請務必等著瞧吧。不久之後，將會發生令人驚訝的事情喔。那就是我們為大家準備的。」話說完後，他就匆匆忙忙地道別。從那之後，我們是睽違三年再見面。

我一直以為，M君應該是加入了大陸浪人[117]，但他變得十分有威嚴，身穿華服的他，似乎就是我想像中的那樣，奉軍命行事，著手準備下一次的戰爭。對日本人而言，他的性格是相當罕見的，好惡分明，與大陸浪人那種虛有其表的架勢完全不同。而言談之間也如同過往一樣，十分殷勤。

「會變成一場大型戰爭喔。日本會打敗英國、美國。從樺太島開始，日軍會很順利地進軍美國，攻占華盛頓和紐約，如此一來對方就束手無策了。而且如果不先平定中國的話，要是中國從背後偷襲，事情可就難辦了呢。」M君微笑著說，就像是平常吃著點心閒聊那樣。只不過，他的吹噓，其實我在哪都聽得到，雖然並不驚訝他說出這些話，不過我倒是第一次聽到美國攻略。

永瀨三吾本來就是商人性格，因為需要交際，通常都會在卡巴萊待到深夜。永瀨帶我去卡巴萊或英國租界中跳舞。在英國租界裡，會讓人露出究竟哪裡發生戰爭的疑問表情，天津的中產階級兒女們一起跳舞。感覺就像龐貝遭到火山吞噬前的最後一夜那般虛幻。在義大利租界中，人們玩著西班牙人的遊戲壁網球。自警團[118]埋伏等待前往該處玩迴力球的日本賭客後，掄起棍棒就是一陣毆打。果然，連在這種非常時刻還會為了賭博投注大量資金的人，真的是所謂的非國民。而我帶著女人出門參加迴力球賭局。雖然我試著尋找拿著

117 大陸浪人：日本明治初期到第二次世界大戰結束之間，以中國、歐亞大陸、西伯利亞、東南亞為中心，居住遊歷並進行整治活動的日本人。

118 自警團：因自身權益遭受重大損害，不走正式法律程序，而是集結加入組織的群體之力捍衛自身權利的自衛組織。

棍棒的自警團，然而不見蹤影。但是，在這裡，我又遇到另外一位昔日舊識。

他是晚我三、四年進入早稻田大學就讀的晚輩，名為谷原的男子。學生時期，他就留著蓬鬆又薄的頭髮，臉型如同女孩子般圓潤，有些淡淡的雀斑，彷彿是不足月的青年。而且，他總是一副坐立不安的樣子，尾隨在誰的身後，唯恐遭對方疏遠，不斷說著對方可能有興趣的話題。整體來說，就是個膚淺又缺乏自信的男人。

谷原在早稻田時代深受H教授愛護，也曾有留在學校的念頭，不過在他去法國留學一年回國後，卻進入了幾乎與文學絕緣的商社，甚至被估計失誤的墨爾本擺了一道。谷原身上有著與周遭人同化，很快就能改變自我主張的一面，與其說是世故，不如說性格上天生就沒氣魄，無法貫徹自我堅持，甚至還因此被認為能代表日本人其中一面。但是醉心於西歐這件事並不容易，假設有人說，這在西歐是怎樣的，對他而言就是一種金科玉律，不論是文化、風俗習慣、言語、人類，就算未來再過幾世紀，東洋也依舊追趕不上西洋的思想，這似乎是他當時唯一的主張。

我和他有十年以上沒見面。他身材依舊瘦小，五官也和以前一樣。但是，膚色倒是變得有些黝黑又緊緻，留著如羅納·考爾門的鬍子，因此我有點認不出來。在迴力球場二樓前面的座位，他喝著啤酒，叫來小男孩，時不時地告訴他賭博的號碼，讓他去買牌。他小小的身體豪邁地坐著，以展現自己的威嚴。我們一進入賭場，馬上就發現他，就像以前一樣，他馬上變了一張迎合人心的卑微姿態，站起來走近兩、三步的距離，用很誇張的方式握手，像是趕狗似地趕離原本坐在旁邊的中國人，為我們空出位置。就連我們想要阻止他那麼做的時間都沒有。

他還是很會聊天。而且令人驚訝的是，那樣支持歐化主義的他，幾乎是全套模仿日軍的論調，就像是要發洩過去累積的情結，他說，中國今後將接受日本的統治，也會因為日本皇恩浩蕩而免於內戰，全新的中國將會重生。蔣介石將在明年六月豎起白旗，日本一定會威震歐美，完成稱霸全球的大業吧。他得意洋洋地說著這番不知從何處聽來的論調。於是，我只好從頭到尾佯裝贊成他的說法。

根據他的說法，日本侵略中國不完全只是為了日本而已，他認為，侵略也是為了中國，更是為了世界。從他口中聽到這些話，真的太讓我意外，所以我不自覺地脫口而出：「可是，我說你啊……」，他立刻就受到影響，觀察我的臉色，很快就裝出一副收回剛剛的話也無所謂的樣子。然後一臉不安地注意著四周。假設我不小心說出了突兀的話，甚至表示贊同，日本人聽到之後可能會覺得困惑吧。

因此，我就像過去一樣，只是「嗯、嗯」地點頭，一問到有沒有帶著棍棒的自警團，他馬上又恢復了鎮定說：「那是為了管理在中國的未成年日本人所設置的。他們不會對我們這樣的紳士做出什麼舉動。」我問他：「你為了什麼來到中國北方的？」他回答：「為了完成S玻璃器製造公司的任務。」他很快就轉移話題，提到對巴斯克[119]人而言，壁網球是國民運動之類，之所以叫做「壁」，因為那是要將球擊向牆壁反彈回來的遊戲，等到差不多精神開始懈怠，他又開始吹噓法國的經歷。

在他內心的某個部分，依舊有些糊里糊塗的地方沒有改變，我知道他還是以前的那個他。有這樣的認知後，我稍微放下心來。就算不是那麼極端，像他那樣的男人，其實隨處可見。這樣的性格，可以說是典型的日本人性格。事實上就連我也是，那種沒有自信，為了謹慎以對，容易因為對方的態度而突然改變自己的心態，讓心境始終不穩定。

「你啊，就算是長了鬍子，也是一樣啦。」

我真想這樣說說看。旅途中聚散終有時的虛幻，從那天一起打壁網球之後，一直到我短暫滯留中國的期間，我都沒有機會再見到他。

昭和十三年元旦，我們登上了八達嶺，俯瞰萬里長城。日本兵的眼神透露出即將瀕臨錯亂、接近瘋狂的緊張感，誓死盯著我們。我想我能理解，他們現在被迫身處於千鈞一髮的環境。他們其實是被強制從門口裝飾著大大的「祝出征」花環的家中，帶到前線來的平民。這些人在我的心中留下一種寂寞的印象，像是在偷看老闆被趕出來而打烊的蕎麥屋。比起死亡的危險，更難忍受的其實是被名實毫不相符的惡鬼羅剎強迫，必須極端壓抑自己，幾乎快要崩潰。將他們當作可用戰力，毫不憐惜地操縱他們的日軍幹部，認為自己長年的夢想終將實現而興奮到忘我，現在甚至認為，不論什麼事都能如自己的如意算盤，沉浸在愉快的情緒中。以軍之名，自以為理所當然地，非要強行通過不合理的事情。

這一年在中國北方一帶遭遇了大洪水侵襲，洪水未完全消退之際，又從底部開始結冰，河北地區，不論是村落還是旱田，至少都覆蓋厚達三公尺的冰層。在不吉利的天象發生之前，其他部落已逐漸遭到日本兵的劫掠，不分妻女，全都帶到廣場排成一列，在被綁

119 巴斯克：位於西班牙北部與法國南部，目前分屬西班牙與法國。該地區人民擁有獨特的、不屬於歐洲印歐語系的巴斯克語，被認為是歐洲原住民的後代。

上念珠強迫站立的丈夫、父親、孩子面前遭到侵犯。日本兵讓男性排成一列，用子彈實驗能貫穿多少人，視為一種玩樂。而煽動那些人去做那些事情的，是資深老練的士官，他們稱之為兵隊練膽。

如果表現出比較膽小且猶豫不決的一面，就會被當作笑柄，因此整個軍隊像是深陷其中，引爆一連串行為。但是，對於上官的憤怒與憎恨，士兵反而寧願面對弱小的對手。這種弱者的自暴自棄，都在老奸巨猾的日軍算計之中，反而成為戰鬥力。將謹慎又善良的平民逼成了文化性的精神依賴疾病，讓其變身成如夜叉一般，也就是所謂的強兵戰術。那是任何一支軍隊都會以軍為名，經常使用的老招數。

以下是我從占領山西某一城市的日軍軍眷打聽到的內容。日軍在占領該地後，發現一名舉動可疑的女孩子，以間諜疑慮的名義上前盤查她時，她緊閉著嘴一言不發。而日軍愈發覺得她可疑，推翻了原本「無罪推定」的認定，決定就地槍殺。部隊長憐惜女孩的姿色，阻止執法。他以親自重新審問、務必讓女孩招供吐實為由，帶她到自己的起居室，甚至打發身邊的小兵離開。女孩子不斷拒絕，不論怎樣都不順從部隊長的心意，甚至咬破手指流血。此外，不論部隊長怎麼問，她都緊閉著嘴不發一語。部隊長看著女孩反抗的態度，憤怒的情緒隨著女孩子的堅決態度不斷升高到臨界點，更加深認定女孩就是間諜的懷疑，叫來小兵帶離女孩，並交代了某個命令。

對於小兵而言，部隊長的命令就必須絕對服從。他們必須準確無誤地執行命令。小兵帶著女孩出了城鎮，到了距離約兩百公尺遠的小山丘對面一處疏木林，蒙住女孩的雙眼，隨手將女孩的雙手反綁在一棵樹。他打開女孩的雙腳，愚直的小兵比起自己的本能，更是選擇忠實完成部隊長的命令。他蒙蔽女孩的雙眼，在兩腿間塞進炸彈，一點燃導火線後，往後退幾步，跑了回去。在跑下小山丘時，就聽到爆炸的聲音。

這位女孩似乎真的不是間諜。而是一般良家婦女，或許是真的對日軍的侵略暴行反感吧，但女孩之所以那樣頑固不願開口，據說其實因為她是聾啞人士。我提起這故事，其實並不是打算對日本兵的殘虐大書特書。因為當戰爭結束當時，俄羅斯士兵蜂擁逃到滿州，對於日本非戰鬥人員家族施予殘虐的行為，那程度其實也不遑多讓。戰爭與破壞本能、性的暴走，雖然都是相關聯的，但是在甲午戰爭、日俄戰爭當時，還存在著防範機制。來到中國北部時，我的感受是，不論好壞與否，日軍早已失去當初的理想，指揮者明明不熱中於戰爭，卻不合理地要求士兵宣示效忠。士兵當時正處於連真正心意都尚未確定的精神混亂中，他們的軍人精神、懷疑與憂慮並存。那就是大正文化之下產生的特質，這場戰爭愈是到了結束關頭，矛盾就愈發明顯。在遭到不斷進逼的苦戰中，就連應該不會動搖的軍隊階級制度，也因作戰實力受到質疑而出現裂痕，上官的命令甚至被無視。

演變成這般毫無紀律的主因，在於軍隊指導者的腐敗。部隊長在占領城池之後，開始沉溺在如同王侯般的享樂待遇中，不思索如何積極行動。戰線呈現膠著狀態。這些醜聞開始在民間流傳。此外，宣傳部人員也自行決定好接待路線，從日本本島內地來的視察團，都用軍隊卡車載送到成功攻占的戰地遺跡巡迴。手中高舉著手榴彈的幾名中國女兵、躲在枯草堆中活活凍死的屍體，竟成為特別受到好評的展示品，成為大眾流傳的話題。

戰爭，無疑是慘絕人寰。我們在北京短暫停留的期間，中國臨時政府的重要人物邀請我們過去，似有意稍微緩和中日兩國的氣氛，被稱為親日派的文化人虛情假意地展現出雙方和睦相處的假象，前來訪問。訪問人士中，據說有清朝名士康有為的千金，長相好似明治時代日本婦女，是長臉的中年美人。聽了這些消息我感慨萬千，但在那樣的場合中，還有穿著便服的海軍少校擔任監視者，這樣的人員組合，使得彼此的交談內容只能流於表面形式。

長期住在北京的京劇研究家S，清楚地描述了我自身對於這種混亂與悲慘的感傷：「原來如此，對於從未遭受過外敵帶來重大災害經驗的日本人而言，可能不是那麼輕易就能理解的事。但是，在中國人漫長的歷史演進中，那種戰爭是反覆發生的，我們已經習慣了。不論是順應服從，還是舉起雙手說出沒法子，都沒有特別的感受。以前赤眉盜賊還刨挖出歷代帝王陵寢並加以掠奪，甚至，用水銀做成木乃伊的呂后遺體、歷代皇后的遺體，都從棺材中被挖出來姦屍，那種粗暴狼藉的做法，難道不是免不了的嗎？」

儘管如此，仍舊不能做為日本人侵略暴行正當化的辯解。

在蜿蜒的羊腸小徑上，來自蒙古的駱駝商隊正在休息。乍暖還寒的藍紫天空深邃，朝陽門外，來自北方的男子將射箭捕獲的大鷲扛在肩上，尋找買家的他，目標似乎也是燕都。大鼓聲充滿著張力，自東安市場的樓梯上方緩緩流瀉，夕陽即將西沉的時分，各處劇場都已開演，蹦蹦劇[120]中搖擺著腰肢，唱著歌的白玉霜[121]仍繼續活躍。但是，能讓整個場面

---

120 蹦蹦戲：俗稱評劇，原名平腔梆子戲，簡稱平戲，是一種北方地區的傳統戲曲藝術。

121 白玉霜（一九〇七—一九四二）：中國著名評劇女演員，主要飾演旦角，當時四大名旦之一。

熱鬧非凡的，只有日本人的酒館或卡巴萊而已。趁著那段空檔，士兵在深夜伸手不見五指的黑暗馬路上，被軍用卡車運載著送往前線。我不發一語地靜靜目送他們。

時間終於來到即將踏上歸途的前幾天。天津的一處咖啡輕食店，在年輕男女休息的地方，一位剛從前線歸來不久的，處於「暴動」狀態尚未清醒過來的士兵，毫無理由地用短劍刺殺男子。原本我以為這會成為很大的新聞，然而軍隊表示「我們沒有那樣的士兵」，冷冷地發表聲明後，屈服於淫威之下的領事館當局，只能忍氣吞聲地退出。殺了大杉榮[122]的甘粕大尉，就像是滿州的地下君王，軍隊掩護自己人所犯下的罪行，一概不讓士兵插手的態度，終於公然地成為一紙公文。

回到日本之後，在神戶開往東京的列車中，我目擊到類似的事情發生。從當地第一線好不容易回來一趟的士官，突然間抽出軍刀，朝向坐在旁邊的乘客猛刺。雖然是難以承受戰爭帶來強烈衝擊導致發狂的事件，報紙卻連一行字都沒有報導。

122　大杉榮（一八八五—一九二三）：日本無政府主義者，對於日本知識界有一定程度的影響，思想相當激進。一九二〇年代潛赴上海組織遠東社會主義聯盟，開啟國際合作的契機。但看到俄國革命不順遂後，便開始批評共產黨。關東大地震發生時，大杉榮與妻子伊藤野枝遭到甘粕大尉暗殺身亡。

2 良心，實在不願接受

和中國北方的無秩序狀態截然不同，日本內地糧荒與物資匱乏的情況日益嚴重，捉襟見肘的困苦相當明顯。在旅行中確立了這場日中戰爭大致認知的我，清晰地決定了自我的態度。大概在一生中，再也沒有比歷經此時期的我，更珍惜人類的生命，更加深信生命是無可取代的感觸了。受殷切期盼的遙遠可能性欺騙，當前的價值被破壞殆盡的痛苦，同時也喚醒我在丸之內建築的展覽會場看著名陶器因地震搖晃、掉落破碎的記憶，此時彼時是同樣的心情。

戰爭，進一步擴大成世界性的規模。在我知道日本和美國開戰後，當著兩、三位客人的面前，不自覺地忘了該小心謹慎的戒心，大聲地對著收音機罵出：「混帳東西！」

為了合理化太平洋戰爭，政府動員學者和言論家，善於文筆工作的作家在宣傳部的指導下，成立「日本文學報國會」[123]，作家也隨軍展開演講之旅。曾走遍日本南方殖民地的我，認為應該成立民族解放戰線，因此曾經參加過一次報國會會議。但是，我和一位名叫中山省三郎[124]的男性談話之後，才知道自己的想法有多天真，因此斷絕和報國會的緣分。

原本我連日本文學報國會是何時成立的都不知道，更不用說我會明白那是什麼性質的組織，那是不可能的。不過我收到報國會的出席邀請，於是抱著姑且一去的心情。抵達現場，大概有十位人士到場。對於不擅長與人交際的我而言，幾乎都是新面孔，只認出細田民樹[125]的長相，因此我趨前和他打招呼。其實我是因為十幾年前曾經向他借過錢。當時，似乎鹽田良平[126]這號人物也在場。

會議上，集結來自所謂中國、泰國、安南、印尼等大東亞共榮圈的文化人，討論文學者大會舉行時程的事宜。但實情是，當局意圖藉文學者大會展示日軍威力。對於周遭人士形成的氛圍，我不禁覺得這不是我該來的地方。日本文學報國會會長久米正雄[127]，被日軍新聞報導部的某位大佐叫去，因此比較晚到。

會長出現後，終於開始舉行會議，並確立計畫，內容是將邀請各國文化人前來日本，並帶他們前往日光、京都、戶山學校、霞之浦等，讓他們見識日軍的威儀。而這份計畫，正是不久前軍隊報導部上校指派給久米會長的內容，因此對軍方而言，誇耀日軍威容似乎才是真正的重點。

對我而言淨是隨便怎樣都無所謂的內容，但當他們討論到，要在亞洲各國文化人抵達日本後，立刻帶他們到宮城前，讓他們遙拜天皇並朗誦八紘一宇精神[128]的印刷文宣，徹底讓他們沉浸在日本的精神世界時，我相當困惑。

---

123 日本文學報國會：一九四二年在日本政府情報局的指導下，以日本文藝中央會為核心成立的文學團體，實質上是情報局的外圍組織，以徹底宣傳國家政策為最主要目的。

124 中山省三郎（一九〇四—一九四七）：日本文學家、俄羅斯文學翻譯家。

125 細田民樹（一八九二—一九七二）：日本小說家。一九二四年，發表以自身軍隊生活為題材寫成的軍隊批判小說《某小兵的紀錄》，獲得高度迴響，成為無產階級文學作家。之後遭到政府鎮壓，一度改成寫通俗小說，參與過日本文壇發起的「民主主義文學運動」。

126 鹽田良平（一八九九—一九七一）：日本文學研究家。擔任日本文學報國會總務部長。

127 久米正雄（一八九一—一九五二）：日本小說家、劇作家。因為是芥川龍之介的密友，而為大眾所周知，芥川在自殺前託付給他諸多遺稿。事實上久米和芥川進入夏目漱石門下時，久米較芥川獲得夏目器重，也是夏目門下唯一的流行作家。

128 八紘一宇精神：日本於第二次世界大戰期間宣揚的口號。當時政府解釋為「世界大同，天下一家」，實際上是用來正當化侵略他國的戰爭文宣。

「那樣的精神，或許對於日本人而言是難以取代的，但對於其他國家的文化人而言，一點關係也沒有，恐怕難以理解。應該要刪掉這樣的安排比較恰當吧？」

當我發言之後，就引起一陣騷動。其中，在會議上第一次認識的中山省三郎，突然從鄰座調整坐姿轉向這邊，帶著嚴厲的眼神盯著我，這樣反駁：「他們可不是他國的文化人，而是臣服於天皇的聖威才聚集在一起的共榮圈人民。」

一位不知名的男性中國研究家表示：「關於這一點，就像這位先生所說的，對於中國人而言也是邏輯不通的。我覺得應該刪除。」結果最後只有一個人贊成我的意見。

那位中山先生，似乎是我在浪跡歐洲的期間，突然成為日本暢銷作家的文士之一，究竟是怎樣的人、從事怎樣的工作，我完全不清楚。不過他的態度既傲慢又自以為是，完全是吃了秤砣鐵了心，相較之下，我原本在氣勢上就不強，因此不再說出反對意見而退下。回家路上，我和細田同行。

細田說：「像我這樣已然垂垂老矣，什麼話都說不出口呢。」恐怕他是想用盾掩蓋荒謬的事，避免看到愚昧的眼神吧，也似乎是想以年長者的親切給我忠告。我也相當感謝。

在那之後過了半年，某一天，我從馬賽回國的途中，遇到了常常告訴我日本文壇現況的M，當時他是報國會幹事，並以文學報國會之名，舉行編製適合印尼人日語教科書的討論會，M邀請我務必出席看看。基於對他的情分，我出席了這場會議，這次有相當多人參加，也看到兩、三位熟面孔。這次是高見順[129]的個人舞台。

我想，反正也沒有什麼好說的，就靜靜地坐在一旁，結果M卻點名我，要我說說印尼當地的情況。於是我稍微提了以前的印尼。接著尾崎喜八[130]朗讀其作品〈番薯之詩〉，真杉靜枝[131]因情緒激動而哭泣，那畫面讓我印象深刻。大概是我的態度消極，看起來也不太可靠，之後就算有什麼活動也沒人邀請，不過我本身也沒有意願再參加，要像那樣寫出頌讚戰爭的詩，幫忙發傳單什麼的，就算旁人怎麼說，我也一個字都不回應，因此，我和報國會之間就這樣成為無緣的陌路人。

---

129 高見順（一九〇七—一九六五）：本名為高間芳雄，是日本小說家、詩人。據說曾參加日本無產階級作家同盟，和堂兄永井荷風並稱為日記作家，他的著作《高見順日記》也成為研究昭和史的史料。

130 尾崎喜八（一八九二—一九四七）：日本詩人、隨筆家、翻譯家。受到白樺派理想主義的影響開始作詩，創作主題以自然景色、自然與人類的關係為主，對古典音樂也有研究。

131 真杉靜枝（一九〇一—一九五五）：日本小說家。從小就在日治時期的台灣成長，二十一歲回到日本。在擔任大阪《每日新聞》記者期間，成為正岡容的情婦，殉情未遂。之後在武者小路指導下，立志成為小說家，陸續發表作品。

我覺得文士雖然心中有千百個不願意，但不情願的一派，還是會被情緒激動的同伴強制投入，想要抽身也難，要前進卻也沒幹勁，總之是個煎熬的過程吧。像是「禊」[132]或「言靈」[133]這類古語，在那之前我本來不覺得有什麼不對勁，但一聽到他們口中說出這些，只覺得彷彿時空錯置，更像是一種命令式的、讓人聽了不甚愉快的語彙。不知道是不是天生反骨的個性，對我來說，總覺得心中一直有種沒能放手一搏的遺憾。日本的文士相當羸弱，難以對抗暴力的軟弱面也是沒辦法的事，只能放棄。

但對於為了明哲保身、不願積極援助生命面臨危急之秋的人而言，那種認真追究大正文化人良心行蹤的年輕青澀，即使現在回頭來看，仍讓人感到極為汗顏。同時，在以人文主義為名進行的戰爭中，無法看透最危險的事物，這一點也很像是年輕人會犯的錯。

戰爭中，讓自己有意無意地遠離戰事的原因，絕對不是因為故意唱反調，或是為反對而反對。對於長男乾[134]逃避兵役，雖然我煞費苦心，但也無法否認，其實愛情才是動搖根本的動機。但光是這樣，我就聯想到，也許鄰居的親子之間也有同樣的想法，這種不祥徵兆，也正是我無法只自私地考慮到自己的緣故。

那時，或許多少有點英雄主義的心態作祟吧。也就是說，我是這樣勸自己，就算在這裡只有一個也好，也是一票反對票，大概就將這裡變成孤立的立足點吧。或許這心情尚不成熟，但那對當時的我而言，已經給了我非常大的勇氣。

兒子因為支氣管炎，當然無法忍受行軍的過程，然而即使如此，軍方仍然讓他通過徵兵前的身體檢查。這結果反而是將他逼上絕路。面對軍隊不合理的強迫，並不是只有我憤怒而已。孩子和孩子的母親，當然都是同樣的心情。

徵召之日，時序進入昭和十九年十一月的寒冬。一開始，我計畫親自送孩子到博多從軍。但之後孩子更深入戰地，還穿上中國服裝到了前線，原本我下定決心要想個對策，當時甚至還爭取到很難買到的火車票。但是，我後來改變了策略，反正不論如何就是要拒絕徵兵。

---

132 禊：宗教用語，意指洗淨罪惡和汙穢。

133 言靈：日本傳統信仰認為言語之中藏有靈力，說出口的話會帶有影響現實的力量。

134 森乾（一九二五—二〇〇〇）：是金子光晴與妻子森三千代的獨生子，從母姓。日本法國文學家，早稻田大學名譽教授。後世出版森乾描寫關於父親的傳記，以及和父母共同著作的詩集《三人》。

首先，為了取得醫師的診斷書，我硬是將兒子推到接待室，用煙燻烤生松葉，意圖讓兒子的氣喘發作。但真的到了關鍵時刻，總是沒辦法順利地如己所願，兒子只有咳嗽，並沒有如預期地氣喘發作，只是相當痛苦地吐血。

那時我還想到，讓他背著裝有相當厚重的《歷史家的世界歷史》外文書十來冊的背包，來回跑到一千公尺外的車站。或是讓他在庭院的芭蕉下，裸身站上整夜。淋著冷冽的秋雨，全身溼透，孩子冷得直打哆嗦，但反而因為這樣練成抵抗力，完全沒有感冒。我不僅大聲斥責他，還讓他不斷進行這種訓練，大概被孩子視為魔鬼士官長了吧。但是，我不斷用這種嚴苛的方式，只是為了要讓他的症狀發作，成功取得醫師的診斷書。最後，在兒子收到徵召準備於八重洲口集合出發時，母親出面出示醫師的診斷書，以身染重病無法同行為由，總算挺過了這一次的難關。

之後隔年，我又勉強用了類似的方式，總算是達到我們的目的。最後因為空襲，戶籍原謄本都被燒燬，才不再收到徵召令。

但是「鄰組」[135]體制的緊密度卻愈來愈強化。關東大地震發生時，像是到處橫行的理髮店大叔那樣的人，又開始囂張跋扈。在日本，到處都是一片蕭索寂寥的破敗景色。就像整體凋敝的國土，原本是基於義理人情與儒教道德融合而成立的軍隊，也挑戰總動員體制的極限，甚至在運輸船遇難之際，說出毫無人性的切割準則：「還能幹活的年輕人優先搶救，至於毫無用處的老人就迴避，讓他們自生自滅」，令人大感驚訝。其實當戰時體制來到極為險峻之時，那才是真正的心聲。開始展現出與地方暴力組織沒兩樣本性的軍隊，不論到哪裡都想拉攏當地民眾，但早就被國民拋棄了。

在富士山中湖的疏散區，我聽說很多關於日軍特別鎖定反對黨人士和言論家等，開始展開暗殺計畫，甚至還有一名國寶級文人參與黑名單編列等傳聞，這些更是讓人背脊發涼。但是，究竟這條泥濘之路會延續到何時，我們仍舊毫無線索，不過倒是相信，一件事情有開始，就有結束之時，且似乎已經在可預見的範圍內。雖然距離那時間點並不遠，那麼，就靜靜地等待著，究竟會變成多麼悽慘的狀況，之後再來思考吧，畢竟這場戰爭結束的那一天，就快要到來了。

135　鄰組：第二次世界大戰期間，在日本各地形成由官方主導的後援組織。

昭和二十年八月十五日，我和妻子，以及從東京一起來到這裡的女子，為了取得糧食，從早上就出發，走了五里路抵達富士吉田。我在湖畔落葉松林中的小屋，和逃避徵召令的兒子一起，從音質不甚清楚的收音機中聽到天皇陛下的聲音。當時並不知道那就是宣布戰爭結束的詔令，只是一邊說著：「感覺好像不太對勁喔。」反覆敲打著有點壞掉的收音機，仔細看了又看。過了下午四點，母親們像是飛奔回家似地報告：「戰爭結束了，朝鮮人們正在梨原那裡喝酒喧囂呢。」因為遭受欺侮的時間實在是太漫長了，當我和家人彼此手拉著手，「太好了，太好了」歡鬧的時候，反而沒有打從心裡湧現在那個時間點應該要有的特別感動。

不久，我獨自帶著留聲機走到湖邊，播放唱片。我放著在北京買回來的程豔秋[136]《紅拂傳》，聽著有些沙沙作響的音質，像是隨時都會中斷似地播著，他用高亢的歌聲，揚聲高唱著綿延不絕獨特的哀傷感。那是第一次，我從極度緊綳的心靈狀態中解放，雖然從那甜美之中，流露出像是遙遠的、不諧和音的悲傷，但那時的我放下一切，充分地品嘗那嗚咽的情緒，完全忘了自己身在何方。

不論是在頭頂上、眼前巍峨的富士山，還是映照於湖面的富士山，就像鋁製的古老茶壺，凹洞閃閃發光。以這座山為目標，美國軍隊編制每日每夜從我們的頭頂上飛過，空襲東京。然而從今晚開始，不會再有這樣的情況了。一想到這座日本人將之視為精神象徵的山巒，竟然成為敵軍發動空襲的指引，就覺得彆扭。

路邊的蘆葦有些騷動，仔細一看，有隻超級巨型錦蛇，白色的腹部以大幅彎曲的弧度，撲進湖水中。好似出現在屠格涅夫《獵人筆記》中的場景，先是落葉松林，接著是赤楊、稀疏的漆樹林綿延，隨著戰爭結束而解放，隱隱約約地，就像心中已失去方向的母親與兒子一同散步的樣子。

孩子的母親穿過浦島草開花的幽靜冷溼地面，蹲在路邊。大概是為了慶祝戰爭結束，準備用玉米粉做成草仔粿，來摘取魁蒿的葉子吧。

136 程豔秋（一九〇四—一九五八）：中國一代京劇大師。本名承麟，是滿清旗人落魄貴族。迫於生計，自六歲起便在梨園生活，二十歲聞名梨園界。《紅拂傳》更是讓他一舉成名。

五、又見封建思想復甦

太平氛圍之中的亡靈

等待逐漸腐朽的死人，或橫臥或蹲坐，
死人的思想，用死人的言語，喧譁聊天。

比起屍體，比起燒毀屍體，更加虛無的，
是死人仍存活著的氣息。並非如此。人類雖然活在這世上，
但終將與死人無異，不變的，是繼續苟延殘喘的
惡臭。以及，從那背後滲透出來的，腐蝕混凝土的陰溼。

出自詩集《無情》

戰爭結束了。但是人生尚未結束。似乎有人怎樣都不相信戰爭已經結束，但是從空襲幾乎將整座城市各個角落炸成灰以來，很多人感受到結束，也無法思考今後的人生而變得頹廢。

當時也出現這樣的場景：戰時後備組織的組長「嘿、嘿」地教導女人竹槍用法，準備趁著狼狽的美軍陸續登陸時，給予迎頭痛擊。到處都是「美國大兵都是禽獸，藏好年輕女孩」的流言，甚至讓女孩子到附近的鄉下避難。

流言甚囂塵上，甚至連我所在、位於山中湖畔的平野村疏散區，都知道有這樣的事情。傳言造成女孩的恐慌，甚至還聽說美國大兵連滿身蝨子的老婆婆也要欺侮，於是開始準備逃往山裡更深處。在農家，則是聽說美國大兵強制徵收牛隻，連夜在山中偷偷殺死牛隻，為的是用洗臉盆將牛肉裝得缽滿盆滿，再拿去賣。在戰時，村人用白眼對待毫不關心戰爭的我們一家，但是目睹戰敗後，對我們的態度完全改觀，大概相信我是預言家吧，甚至還來我家坐在走廊外緣問我：「接下來究竟會變成怎樣呢？」

戰後，第一次離開疏散區到東京的我，看到在焦土廢墟上的組合屋成立黑市，憔悴不堪的人們擠得水洩不通。倖存下來的人們，基於打算活下去的企盼爭搶食物的光景，讓我驚訝於人類強韌的生存意志。在那鍋不知從何處取來的水，稀稀水水的雜燴粥周遭，圍著一群露出黃色牙齒、雙眼炯炯有神的臉龐，充滿陰森之氣。在僅靠著動物本能生存的人群之中，已經不知何謂事情的輕重。一起喝燒酒的朋友，在看到對方有些小錢後，竟然湧起殺害對方搶錢的念頭；也有在燒毀的大樓中，結束與女子之間的肉體交易，竟捨不得付錢，絞殺女子之後棄屍於防空洞中。

太陽西沉後，沒有燈光的城鎮是個既危險也不好經過的地方。在宣布終戰的同時，也有舊制少尉在當地掩埋軍隊物資，靜待情況獲得控制。更有希望能盡快賣掉軍用卡車、隱藏行蹤的士官，軍人精神之類的此時似乎已經腐爛。走私進口、強盜殺人等更是稀鬆平常的光景。那些從戰場上回來的軍人同袍或第三國人士，還開著卡車攻擊業者的倉庫，射殺警衛，搶奪所有庫存品、原料，就算他們不慌不忙地揚長而去，警察也都束手無策。

不論什麼時候，總是站在吃虧、受害者立場上，斤斤計較的民眾，仍舊無法完全接受戰敗的理由，因此只能膽怯謹慎地面對那些可能還會不斷發生、連自己也沒辦法防範的未來災難。常常看到一些孩子，因為無從得知如何取得黑市物資，導致營養失調，只能蹲在路旁，當發現一根掉在地上的蔥，立刻撲上前當場啃起來。

我路過親弟弟的家拜訪，正好遇上霞浦的飛行士官、牧野勝彥等人，這群在戰爭期間，和日軍共同成為顯赫一時的文士與畫家們，正舉行聚會，評議時事。在座的每個人都是臉色激動，雙眼充血，甚至說著「我之後打算去切腹」。雖然我不認為那只是嘴上說說而已，但真的開始擔心起我那個性謹慎又難以拒絕他人請求的弟弟，因此一直站在玄關旁茂密矢竹叢的陰影處。在避免被捲入支持魯莽行動，受到一時的興奮情緒而沖昏頭的情況下，我留下極度理性的意見後，就離開那裡。

在吉祥寺車站前，我的心情就像是被拔了牙齒般疼痛，因為看到了衰弱得不忍卒睹的橫光利一[137]。他納悶地看著我說：「你啊，每次看到你，總覺得愈來愈像仙人了。」「久米的仙人[138]對吧？」我說完後，橫光煞有其事地陷入沉思說：「久米……」恐怕他不知道久

137 橫光利一（一八九八—一九四七）：日本小說家、俳劇詩人、評論家。詩從菊池寬，和川端康成共組新感覺派，活躍於大正昭和年間。長編小說《旅愁》，闡述西洋與東洋文明的對立，受到好評。一九三五年前後，橫光被譽為「文學之神」，志賀直哉也稱之為「小說之神」。

138 久米的仙人：中世紀的傳說人物。在大和國龍門寺修行仙術，能飛行於空中。一日見到河邊洗衣服的女人露出小腿，突然心生色念，失去神通，墜地不再能飛翔。之後恢復神力，在大和國橿原建造久米寺（奈良縣橿原市）。

米的仙人是什麼吧。同為戰爭倖存者，我們安慰著彼此要多保重後分開，但那竟是我和他最後一次見面，不久就聽到他過世的消息。

身為無政府主義者的秋山清，就在日本橋的橡膠大樓裡。似乎開始上班了。秋山曾和壺井繁治[139]、岡本潤[140]等人商量創辦同人雜誌。雜誌取名為《波斯菊》。在戰爭中備受欺壓的他們，終於在戰爭結束後恢復了精神。

前往東京後，遇到了許多我以為再也見不到的諸多人士，還滿開心的。貘先生也逃到妻子在茨城縣石毛的娘家避難，從那裡穩定地往返於上野求職介紹所上班。太平時代的隱士正岡，所到之處遇上了三次火災，不過都大難不死。落語家橘百圓則是受軍隊徵召，前往中部中國地區，回來之後腦袋變得不太正常。戰時，橘百圓在八王子地區開了一家撞球場，但他自己一個人在撞球場地下拚命挖了個深達三公尺的大型地下坑，正岡說，橘百圓的模樣像是被什麼附身似的，不太對勁。橘百圓也曾對我說，要把家財寄放在我這裡，將年輕落語家的人才交付給我。在分批疏散避難後，他因為丟失能寄放的東西，只讓一名少年帶來支那鍋給我。他辛苦挖的防空洞被炸彈炸毀，而我的鍋也損毀了。那樣的橘百圓在戰爭結束之後，終於恢復正常。

一名男子和一起奔向路邊防空洞避難的女子成為朋友，結婚生子，據說因為經手駐軍的物資，帶來美國菸、廁所衛生紙等禮物。畫家鈴木則是向我訴苦，在照顧黑人士兵翁利一家人的期間，其妻與黑人過從甚密，鈴木也因此不願意再和妻子接觸，甚至連手都不想碰，變成了不幸的家庭。一位前憲兵中佐S，現在仍住在美國女兵的宿舍裡，還安排介紹日本籍學生。學生們被注射，成為數名女性的洩欲工具。其中，還有一名肌膚如同母雞般紅潤、留著一嘴亂鬍的中年女性。

為了與戰後的混亂共存，倖存的人們正努力過著連自己都難以想像的人生道路。雖然他們失去了前進方向是千真萬確，但也都各自踩煞車，希望能盡早神采奕奕地開始工作。然而，像鈴木這樣有高度潔癖的畫家，因為無法理解戰後不斷遭巨大的洪流改變的光景，就連妻子離婚也不允許，於是深陷在那樣的陷阱裡痛苦不已，也有這樣的例子。

當然，應該也有事先思考到未來可能會發生的事情，做足心理準備的例子，也有可能

139　壺井繁治（一八九七—一九七五）：日本詩人、無政府主義者，是日本共產黨黨員。詩作風格多以諷刺為主。

140　岡本潤（一九〇一—一九七八）：日本詩人、劇本家也主張無政府主義、共產主義。

在第一時間就擬定十年後未來計畫的例子，但大多數的人，仍然處在一個以為戰事會永遠持續、卻突然結束的喘息空檔中。他們為了重新振作付出了許多，光是為每天的食物奔波，就已經筋疲力盡，坦白說實在沒有餘力再去顧及其他。若要說到有什麼划算的差事，也淨是危險的工作，或是必須仰賴美軍鼻息。

距離戰後過了十年、十五年、二十年，歲月流逝。久米的仙人已經七十歲，既不鳴啼，也不飛行。日本似乎過得很順遂。在美國提供經濟援助的情況下，勤勉的日本人大量生產具有世界級水準的相機、電晶體收音機、汽車等，以生產國之姿達成復興。國民的食衣住行，也達到了前所未見的大幅成長。甚至聽說前來視察東京貧民窟的法國人，不論怎麼被導覽，看到的都是平民過著富裕生活的樣子，敗興而歸。在戰後即將滿二十年之際，這個社會出現了許多斷層。戰爭當年以學生身分被徵召、備嘗戰爭艱苦的人，其中也有從一開始打從心裡深信軍事教育、卻因為戰敗體會到慘痛幻滅的人，因戰後的貧困匱乏，長久影響著孩子心靈的年代，和在整個國家逐漸過上穩定生活的時代中，度過青年時期的時間差，每一個群體，出生時間只相隔三、四年就造成諸多斷層，而各個斷層之間，也存在難以互通的鴻溝。此外，所謂的現代生活，就像是在既有的生活中，滲透了完全不同系統的美式實用主義，古老的傳統與習俗，又再度獲得好評。年輕人則是傾向用一種迎接異國風情的態度，面對古老日本的復甦。「回歸日本」再次成為問題。

現在，和我搭船遠赴歐洲的當時已經大不相同，世界因為噴射機變小了。戰前，巴黎模式總會晚個兩年才會傳到日本，現在則是落後不到一個月的時間。觀光旅行的人數逐漸增加，文化的交流也頻繁地讓人眼花撩亂。只要開始學習扭扭舞，迦納、巴西、巴黎，就連東京，都能同步隨著同樣的旋律舞動。不論是上海、倫敦、羅馬，就連現在也是，彷彿是並列著同款式箱子的團地住宅陸續完工，在出自於同樣設計的狹小房間裡，過著喝可口可樂、吃義大利麵、三明治的生活形態。世界愈來愈相似了。這就是所謂的「民主」嗎？

同時，原本是四散各地的個人，應該也逐漸無法忍受做壁上觀了吧。於是，他們打算藉著信仰，藉著尋找發動命令者的過程中，逃避孤立的痛苦。

不久後，這全球性的趨勢應該會抓住正如日中天、日本十幾二十歲年輕世代的心吧。那時，完全不知戰爭的痛苦、戰後的煩惱，此外，也從未經歷過絕望滋味的他們，在狹小的日本究竟會找到什麼呢？未來將有人能夠判斷，歷經明治、大正、戰前日本人的選擇，是否是基於血脈的吸引吧?

不久,就是明治百年紀念了。明治百年祭的意義,讓全國各處都在規畫相關事宜,在過程中,應該能預見明治風潮再起的景象。除了各種活動舉辦之外,電視雜誌,也就是所謂的大眾傳播媒體,想必會趁機更加活躍吧。

就像現代仍以短槍競速射擊、以劍互砍為賣點的演出,驚悚片、犯罪等情節最受大眾歡迎,那些被英雄化的明治維新政府高官、幕府末年遊手好閒的浪人們,在戰後,從未像現在這般,華麗地重返眾人眼前。不只是孩子想要效法冒險的對象。甚至是對於現狀的無作為感到厭煩的成人,也會回顧那個時代、那種「夢想啊,再一次啟動吧」讓心靈飛躍的悸動;就連距離那個時代已然遙遠,出生於戰後的少年們也認為「對日本人而言,能創造偉業的時代已經是過去式了」,打算強加夢想於他人身上。

一旦連原本最有智慧的人們,在對於現狀的停滯、混亂,感受到無止境的前途茫茫之際，焦躁的結果，就是抓住不能抓住的牌。在希特勒掌權之前的德國知識分子階級，就是最好的例子。百年祭其實涉及各個層面的危險。至少，慶祝百年祭的氛圍對少年的心靈隱含著「比起安眠藥、玩樂，不如明治時代的政治家星亨[141]遭到暗殺，人生更是刺激」的暗示。

人們對於從明治維新到二戰結束為止，發展過程中充滿波折的日本，幾乎可以分成兩種完全相反的立場觀察。

一種是在列強之中避免成為餌食，必須效法先進國家，培養實力與列強競爭，除此之外別無他法，因此在不斷取得勝利之後，最終卻以敗戰收場，可以說是得償夙願。也就是說，這一派是以正面態度看待「明治百年」。另一種則是，日本緊跟著各國不斷推進帝國主義，併吞朝鮮，還打算從滿州、蒙古侵略中國北方，最後陷入泥淖中，在太平洋戰爭與緬甸慘敗，被逼著立下屈辱的城下之盟敗戰宣言，百年的圖謀也化為烏有。必須將戰敗的痛苦，轉換成之後發展和平盛世的設計，才是今後的日本應該秉持的正確態度，也就是比

141 星亨（一八五〇—一九〇一）：日本政治家。遭伊庭想太郎刺殺身亡。

較支持「戰後的二十年」論述的立場。

對我來說，不論是明治百年說，還是戰後二十年說，我都無法完全舉雙手贊成。因為不論是哪一套說法，都存在著太多需要提防的論點。在百年說成為用來逞強嘴硬的期間，儘管是太平盛世，但基於國際社會平衡的考量，一旦找到可以成為突破點的情況下，日本國民究竟會被迫面臨怎樣的變局，沒人說得準。就算是二十年說，基於當前是民主的全新歷史發展，也難保不會成為什麼悲劇的導火線。

當然在日本人的本性中，並非充滿著那樣惡劣的氣息。外界認為日本人的優點，在於不輕易絕望。但我倒是希望，日本人能常保絕望。不論是支持百年說的人，還是贊同二十年說的人，至今仍過度吹捧日本開國時期；在民主主義時代中，則是將問題過度簡化為像是將東西收進箱子那般，可以輕而易舉地解決，我誠心希望日本不要沉浸於認為未來不會再有障礙挫折的妄想之中。硬要說的話，其實我希望的是，不要被當今日本的繁榮等因素所迷惑。

然後，如果可以的話，了解你身邊最親近的日本人，進而探索對方，挖掘對方在過去，或是現在覺得絕望的地方，並從那絕望之處開始植根培育，撕碎對於未來過於美好的憧憬，期盼一點也不要付出無謂的犧牲。

只有絕望的樣子，才是那個人真正正確的態度。因為現代所有事物的構成，事實上就像絕望那樣，是破滅的。

日本人的光榮，其實並非什麼了不起的大事。法國人的驕傲、中國人的驕傲等等，誠如其所說，難道世界各國，非得要遭遇一次引以為傲的一切遭到狠狠打擊的時刻，人類才會認真思考和平嗎？只要人類肩負著整個國家的重擔，不斷掙扎的期間，和平就不可能會到來，做著心口不一的行為，不禁讓人覺得，人類不就是最難以忍受和平的動物嗎？

金子光晴年表

一八九五年	出生	十二月二十五日出生於愛知縣海東郡（現在的津島市）。本名為大鹿安和。父親為大鹿和吉，一家共五個孩子。大鹿家在大字日光代代經營酒館。
一八九七年	兩歲	父親事業失敗，全家人搬家至名古屋。過繼為金子莊太郎的養子。
一九〇〇年	五歲	隨養父的工作調職，全家人搬家至京都市左京區。
一九〇一年	六歲	與四条派畫家田中一圭的弟子百圭習畫。 十一月，正式入籍金子家。
一九〇二年	七歲	四月，就讀銅駝尋常高等小學，當時的名字是「金子保和」。
一九〇六年	十一歲	三月，隨養父的工作調職，全家人搬家至東京市市橋區。 四月，就讀泰明尋常高等小學高等科，於銀座竹川町的天主教會接受洗禮。同一時期，在古董商人佐佐木常右衛門的引介之下，於「最後的浮世繪畫家」小林清親門下學習日本畫。
一九〇七年	十二歲	六月，搬家至牛込區，轉學至津久戶尋常高等小學高等科。 十一月，和朋友計畫前往美國而離家出走到橫濱港口，引起大騷動，回家後臥病在床至隔年三月。

一九〇八年	十三歲	四月，進入曉星中學就讀。原本成績優異，後來沉迷於雜誌，課業成績漸漸下滑。耽溺於漢學的世界。
一九〇九年	十四歲	七月，趁暑假期間往木更津・小湊的方向徒步旅行。漢學方面，受到老子、莊子、列子的吸引之外，也開始閱讀稗史小說。
一九一〇年	十五歲	因為請太多病假，遭學校留級無法畢業。搬往淺草山與親生哥哥同住。開始關注現代文學，立志成為小說家。
一九一四年	十九歲	四月，就讀早稻田大學高等預科文科，同學有岡田三郎，學弟則有吉田一穗、橫光利一等人。不受到當時校內自然主義盛行的影響，醉心於王爾德、俄國劇作家阿爾志跋綏夫。 七月，第一次世界大戰爆發。
一九一五年	二十歲	二月，早稻田大學退學。 四月，就入東京美術學校就讀。 八月，東京美術學校退學。 九月，進入慶應義塾大學文學部就讀，但因肺尖炎休學三個月。認識了歌人柳之瀨直哉。
一九一六年	二十一歲	六月，慶應義塾大學退學。在中条辰夫的介紹下與保泉良弼、保泉良親兄弟認識，開始寫詩。此時熱愛閱讀黑田忠次郎等人的俳句雜誌《射手》。並和黑田見面。 七月，與石井有二、加藤純之輔、小山哲之輔、坂本由五郎等人創刊同人誌《構圖》。 十月，義父金子莊太郎逝世。寫成「父親過世後的未來感傷詩」十五篇。

一九一七年	二十二歲	前往岐阜、關西、福江島等地旅行。與北条辰夫合辦文學雜誌《魂之家》。這段期間寫下〈反對〉、〈讀者〉、〈怠惰之詩〉等詩作。
一九一八年	二十三歲	想挖掘櫪木錳礦賺錢但失敗。受到英國詩人卡本特、美國詩人惠特曼的影響，對民主思潮產生共鳴。和富田碎花、佐藤惣之助、井上康文等人來往，準備自費出版書籍《紅土之家》。 十一月，第一次世界大戰結束。戰爭後景氣低迷，在養父生前朋友的建議下，決意前往歐洲留學。
一九一九年	二十四歲	一月，以金子保和的名義出版第一本詩集《紅土之家》。 二月，從神戶搭乘前往英國利物浦的渡輪「佐渡丸」出發。 三月，抵達英國利物浦港口，此後依次造訪倫敦、比利時的布魯塞爾，在布魯塞爾近郊區的咖啡館二樓住了大約一年的時間，享受清靜讀書與寫詩的生活。特別著迷於埃米爾．維爾哈倫的作品。此外，結識了日本美術品的收藏家伊凡．魯帕修，成為一生的知己。
一九二〇年	二十五歲	五月，離開布魯塞爾，前往法國巴黎。 十一月，回到日本。將旅居比利時寫的詩整理成詩集《龍王讚歌》。
一九二一年	二十六歲	十月，於《人間》雜誌發表詩作〈二十五歲〉、〈熊笹〉。 十二月，於《日本詩人》雜誌發表詩作〈法蘭德斯〉。
一九二二年	二十七歲	一月，在福士幸次郎的委託下擔任詩誌《樂園》的編輯。

一九二三年	二十八歲	二月，於《人間》雜誌發表詩作〈誘惑〉。 三月，於《人間》雜誌發表詩作〈春〉、〈金龜子〉。 四月，於《嵐》雜誌發表詩作〈恐怖〉。 七月，詩集《金龜子》由新潮社發行。 九月，遭遇東京大地震，先往名古屋朋友家避難，後來又投靠親生妹妹位於神戶的夫家。
一九二四年	二十九歲	一月，回到東京。結識森三千代，逐漸發展為戀愛關係。 四月，再度前往關西旅行。在《日本詩人》發表〈舊鞋店〉兩篇。 七月，三千代因懷孕退學，兩人在媒人室生犀星的見證下結婚。 八月，於《日本詩人》雜誌發表詩作〈開冰〉、〈仙人掌之邦〉。
一九二五年	三十歲	三月，長男乾誕生。譯作《埃米爾·維爾哈倫詩集》出版。此時家財散盡，沒有任何一分積蓄，陷入絕境。 七月，全家人搬家至三千代的老家長崎。 八月，譯作《近代法蘭西詩集》、《虎牙》（怪盜亞森·羅蘋系列）出版。
一九二六年	三十一歲	一月，發表詩作〈母校〉於《少年俱樂部》雜誌。 三月，與三千代前往上海旅行一個月。在谷崎潤一郎的介紹信推薦下，結識郭沫若、魯迅、內山完造等人。 八月，在《日本詩人》發表〈來自長崎的音訊〉。 十二月，詩集《水的流浪》由新潮社發行。

一九二七年	三十二歲	二月，與國木田虎雄夫妻前往上海旅行三個月。 五月，與三千代共著詩集《鯊魚沉落》由有明社發行。 十月，詩作〈若草〉選入《現代詩人選集》。
一九二八年	三十三歲	九月，為了修復和三千代的關係，計畫兩人的東南亞、歐洲旅行。 十一月，前往上海，為籌備旅費舉辦「上海風俗畫」展。
一九二九年	三十四歲	五月，抵達香港。 六月，抵達新加坡。 七月，於新加坡開設畫展。用畫展的收入前往雅加達。 十月，籌備出巴黎的單人旅費，讓三千代先行出發。繼續在馬來半島展開募資旅行。 十二月，前往巴黎與三千代會合。
一九三一年	三十六歲	一月，離開巴黎，投靠伊凡．魯帕修。這段期間舉辦的畫展受到好評，與三千代最終決議離婚。 十一月，獨自前往新加坡。
一九三二年	三十七歲	以馬來半島東海岸為中心，進行為期四個月的旅行。 四月，三千代獨自回到日本。 六月，歸國，在親生妹妹的化妝品工廠工作。
一九三四年	三十九歲	三月，生母逝世。 十二月，生父大鹿和吉逝世。

一九三五年	四十歲	九月，於《文藝》雜誌發表詩作〈鮫〉。 十二月，於《中央公論》雜誌發表詩作〈燈台〉。
一九三六年	四十一歲	二月，陸軍中「皇道派」的青年軍官率領數名士兵發動政變，一度占領東京都。後稱「二二六事件」、「帝都不祥事件」。 十月，旅行日記〈鐵（１）〉發表於《歷程》雜誌。 十二月，郁達夫造訪。
一九三七年	四十二歲	八月，詩集《鮫》於人民社發行。 十月，發表詩作〈抒情小曲灣〉於《文藝》雜誌。 十二月，與三千代一同前往中國北部旅行。
一九三八年	四十三歲	一月，歸國。 六月，於《中央公論》雜誌發表詩作〈洪水〉、〈降落傘〉。
一九三九年	四十四歲	九月，第二次世界大戰爆發。
一九四〇年	四十五歲	五月，於《中央公論》雜誌發表詩作〈珍珠港〉。 十月，旅行日記《馬來蘭印紀行》由山雅房發行。
一九四一年	四十六歲	四月，譯作《馬來》由昭和書房發行。 七月，譯作《埃姆登號的最後一天》由昭和書房發行。 十二月，太平洋戰爭爆發。
一九四三年	四十八歲	十二月，小說《馬來的阿健》由中村書店發行。

一九四五年	五十歲	三月，乾接到入伍通知，但帶著醫生的診斷書，最後得以免入伍。岡本潤父女來訪，讓岡本看自己的詩稿。 八月，日本宣布戰敗，提著留聲機獨自到湖邊聆聽在北京買到的程豔秋專輯《紅拂傳》。
一九四六年	五十一歲	四月，參與《波斯菊》雜誌的創刊。 五月，詩集《香爐》於故園草舍發行。 十二月，於《波斯菊》雜誌發表詩作〈幫助戰爭的種種事情〉。
一九四七年	五十二歲	十二月，於《日本未來派》雜誌發表詩作〈蛾〉。
一九四八年	五十三歲	三月，與大河內令子交往。 四月，詩集《降落傘》由日本未來派發行所發行。 九月，詩集《蛾》由北斗書院發行。
一九四九年	五十四歲	三千代因類風溼性關節炎而行動不便。 五月，詩集《女人們的哀歌》由創元社發行。 十二月，詩集《鬼兒之歌》由十字屋書店發行。
一九五〇年	五十五歲	六月，韓戰爆發。
一九五一年	五十六歲	四月，詩集《金子光晴詩集》由創元社發行。 六月，譯作《阿拉貢詩集》由創元社發行。

一九五二年	五十七歲	五月，譯作《惡之華》於寶文社出版。為了徵求和大河內令子結婚的同意，前往佐賀拜訪其父大河內傳七。之後在九州一帶進行演講之旅。 十二月，詩集《人類的悲劇》由創元社發行。
一九五三年	五十八歲	十一月，詩集《人類的悲劇》獲得讀賣文學獎。
一九五四年	五十九歲	四月，與安東次男共著的論述集《現代詩入門》由青木書店發行。 六月，論述集《現代詩的鑑賞》由青木書店發行。
一九五五年	六十歲	一月，詩集《非情》由新潮社發行。 七月，和三千代一同參與札幌醫大文藝部主催會的演講。之後在河邨文一郎的導覽下在北海道旅遊。
一九五六年	六十一歲	五月，詩集《水勢》由東京創元社發行。 十月，於《Eureka》雜誌連載自傳。
一九五七年	六十二歲	八月，自傳《詩人》由平凡社發行。
一九五九年	六十四歲	十月，《關於日本人》由春秋社發行。 十二月，《關於日本的藝術》由春秋社發行。
一九六〇年	六十五歲	七月，《金子光晴全集》第一卷由書肆Eureka發行。
一九六二年	六十七歲	詩集《宛如屁的歌》由思潮社發行。
一九六三年	六十八歲	三月，《金子光晴全集》第二卷由昭森社發行。 十月，《金子光晴全集》第三卷由昭森社發行。

一九六四年	六十九歲	六月，孫女若葉出生。 十月，《金子光晴全集》第四卷由昭森社發行。
一九六五年	七十歲	五月，詩集《IL》由勁草書房發行。 九月，論述集《絕望的精神史》由光文社發行。
一九六六年	七十一歲	五月，詩集《IL》獲得歷程賞。
一九六七年	七十二歲	二月，《日本人的悲劇——被在地化的人性宿命》由富士書院發行。 四月，詩集《若葉之歌——孫女的名字叫若葉》由勁草書房發行。 六月，《定本金子光晴詩集》由筑摩書房發行。 七月，譯作《蘭波詩集》由角川書店發行。
一九六八年	七十三歲	七月，孫女金子夏芽出生。評論隨筆集《殘酷與非情》由川島書店發行。 十月，詩集《愛情69》由筑摩書房發行。 十二月，《作詩法入門》由久保書店發行。
一九六九年	七十四歲	五月，輕微腦溢血，導致一邊手腕難以靈活動作，立刻就醫，休養近兩個月。 十二月，《金子光晴文學斷想》由冬樹社發行。
一九七一年	七十六歲	四月，詩集《金子光晴敘情詩——櫻桃梅李》由虎見書房發行；自傳《詩人金子光晴自傳》由平凡社發行。 五月，小說《骷髏杯》由中央公論社發行。 六月，《新雜事祕辛》由濤書房發行；《人非人傳》由大光社發行。

		八月，《金子光晴全集》第五卷由昭森社發行。 九月，《風流羽化記》由青娥書房發行。
一九七二年	七十七歲	三月，《風流羽化記》獲選藝術選獎文部大臣獎。
一九七三年	七十八歲	四月，《反骨者》由大和書房發行。 五月，在荻窪的清水畫廊舉辦金子光晴展。 十月，《睡吧巴里》由中央公論社發行。
一九七四年	七十九歲	四月，《金子光晴自選詩畫集》由五月書房發行。 七月，為詩誌《此微》命名，於創刊號發表詩作〈我的死期將近〉。 九月，《眾妙之門》由講談社發行。
一九七五年	八十歲	一月，於《此微》雜誌發表詩作〈六道〉（未完）。 四月，寫好遺囑。 六月三十日，因心臟衰竭於自家過世。 七月五日，在千日谷會堂舉辦告別式。

日本近代文學大事記

一八八五年	明治十八年	四月，坪內逍遙的文學論述《小說神髓》出版，講述近代小說的理論與方法，提出寫實主義，影響了之後的日本近代文學。 五月，尾崎紅葉、山田美妙、石橋思案、丸岡九華等人成立文學團體硯友社，推崇寫實主義，創刊日本近代第一本文藝雜誌《我樂多文庫》。
一八八六年	明治十九年	四月，二葉亭四迷發表文學理論〈小說總論〉，補充了《小說神髓》的不足之處，兩者皆為對於日本近代小說的重要評論。 七月，谷崎潤一郎出生於東京市（現東京都）。
一八八七年	明治二十年	六月，二葉亭四迷發表長篇小說〈浮雲〉，此作以言文一致的筆法寫成，宣告日本近代文學開始。
一八八八年	明治二十一年	十二月，菊池寬出生於香川縣。
一八八九年	明治二十二年	一月，饗庭篁村、山田美妙等十四名文學同好共同編輯文藝雜誌《新小說》。 同月，夏目漱石初識正岡子規，開始進行創作。 四月，尾崎紅葉出版《二人比丘尼色懺悔》，登上硯友社主導地位。 五月，夏目漱石於評論子規《七草集》時首次使用漱石的筆名。

一八九〇年	明治二十三年	九月，幸田露伴的小說《風流佛》出版。明治二十年代，幸田露伴與尾崎紅葉並列為兩大代表作家，文壇稱作「紅露」。 十一月，泉鏡花入尾崎紅葉門下。
一八九二年	明治二十五年	一月，森鷗外發表短篇小說〈舞姬〉，對之後浪漫主義文學的形成有極大影響。
一八九三年	明治二十六年	三月，芥川龍之介出生於東京市（現東京都）。 一月，島崎藤村與北村透谷創刊文學雜誌《文學界》，以浪漫主義為主，對抗當時主導文壇的硯友社。
一八九四年	明治二十七年	八月，甲午戰爭爆發。 十二月，樋口一葉接連創作出〈大年夜〉、〈濁流〉、〈青梅竹馬〉、〈岔路〉和〈十三夜〉等，轟動文壇。此時至一八九六年一月，後世評論者稱之為「奇蹟的十四個月」。
一八九五年	明治二十八年	一月，學術藝文雜誌《帝國文學》創刊。 四月，甲午戰爭結束。 六月，泉鏡花於純文學雜誌《文藝俱樂部》發表短篇小說〈外科室〉，帶起甲午戰爭後的觀念小說風潮。 十二月，金子光晴出生於愛知。
一八九六年	明治二十九年	一月，森鷗外、幸田露伴、齋藤綠雨創辦雜誌《醒草》，提倡近代詩歌、戲劇的改良。 十一月，樋口一葉逝世。

一八九八年	明治三十一年	一月，國木田獨步於雜誌《國民之友》發表小說〈武藏野〉，以浪漫派作家身分展開創作生涯。 三月，橫光利一出生於福島。 十二月，黑島傳治出生於香川縣。
一八九九年	明治三十二年	五月，壺井榮出生於香川縣。 六月，川端康成出生於大阪市。
一九〇〇年	明治三十三年	四月，與謝野鐵幹和與謝野晶子創立《明星》詩刊，傳承浪漫派精神。
一九〇三年	明治三十六年	三月，國木田獨步發表小說〈命運論者〉，此作與十月發表的小說〈老實人〉筆法轉向寫實，為開啟自然主義派先鋒之作。 十月，尾崎紅葉逝世。 十二月，小林多喜二出生於秋田縣。
一九〇四年	明治三十七年	二月，日俄戰爭爆發。
一九〇五年	明治三十八年	一月，夏目漱石於《杜鵑》發表〈我是貓〉，大獲好評。 七月，蒲原有明發表詩集《春鳥集》，引領日本現代詩的象徵主義。同月，石川達三出生於秋田縣。 九月，日俄戰爭結束。
一九〇六年	明治三十九年	三月，島崎藤村自費出版小說《破戒》。此作與夏目漱石的〈我是貓〉並譽為二十世紀初寫實主義的雙璧。 十月，坂口安吾出生於新潟縣。

一九〇七年	明治四十年	一月，在森鷗外的支持下，上田敏等人成立文藝雜誌《昴星》，標誌著新浪漫主義的衍生。 九月，田山花袋於雜誌《新小說》發表小說〈棉被〉，為自然主義的先驅，也是私小說的起點之作。 十月，小山內薰創刊《新思潮》雜誌，引介歐美戲劇以及文藝動向，隔年三月停刊。
一九〇八年	明治四十一年	六月，國木田獨步逝世。
一九〇九年	明治四十二年	三月，大岡昇平出生於東京市（現東京都）。 五月，二葉亭四迷逝世。 六月，太宰治出生於青森縣。
一九一〇年	明治四十三年	四月，志賀直哉、武者小路實篤、有島武郎、有島生馬創刊《白樺》雜誌，提倡新理想主義和人道主義。 五月，永井荷風創辦雜誌《三田文學》。 六月，社會主義者策畫暗殺明治天皇，政府大肆搜捕社會主義者和無政府主義者，史稱「大逆事件」。幸德秋水與同夥遭逮捕審判，翌年判處死刑。 九月，以小山內薰為首，集結谷崎潤一郎、和辻哲郎、後藤末雄等人第二次創立《新思潮》雜誌。 十月，山田美妙逝世。
一九一二年	大正元年	一月，德田秋聲的《黴》出版單行本，獲得空前的評價。一九一〇年發表的小說《足跡》也趁勢出版。兩部作品令德田秋聲奠定自然主義的地位。

一九一四年	大正三年	二月，山本有三、豐島與志雄、久米正雄、芥川龍之介、松岡讓、菊池寬等人第三次創立《新思潮》雜誌。久米正雄發表〈牛奶場的兄弟〉，豐島與志雄發表〈湖水與他們〉，皆為新思潮派的代表作。 七月，第一次世界大戰爆發。
一九一五年	大正四年	十月，芥川龍之介於雜誌《帝國文學》發表〈羅生門〉。在松岡讓的介紹下入夏目漱石門下。
一九一六年	大正五年	二月，菊池寬、芥川龍之介、久米正雄、松岡讓和成瀨正一等人第四次創立《新思潮》雜誌。芥川龍之介的短篇小說〈鼻〉受到夏目漱石激賞。 十二月，夏目漱石逝世。
一九一七年	大正六年	二月，萩原朔太郎自費出版第一本詩集《吠月》，獲得森鷗外讚賞，開拓象徵詩派的新領域。
一九一八年	大正七年	十一月，第一次世界大戰結束。同月，武者小路實篤於宮崎縣木城村發起「新村運動」，建立勞動互助的農村生活，實踐其奉行的人道主義。
一九二一年	大正十年	一月，志賀直哉開始於《改造》雜誌連載小說〈暗夜行路〉。 二月，小牧近江、今野賢三、金子洋文創刊雜誌《播種人》，鼓吹擁護蘇俄的共產革命，劃下無產階級文學時代的開始。
一九二二年	大正十一年	菊池寬創刊《文藝春秋》，致力於培養年輕作家。
一九二三年	大正十二年	一月，菊池寬創立文藝春秋出版社。

一九二四年	大正十三年	九月，關東大地震後，政府趁動亂鎮壓左翼運動者，社會主義評論家大杉榮遭憲兵隊殺害，無產階級文學運動暫時受挫停擺。谷崎潤一郎舉家從東京遷移至京都。 六月，《播種人》改名《文藝戰線》復刊。 十月，橫光利一、川端康成、今東光、石濱金作、片岡鐵兵、中河與一等人創刊雜誌《文藝時代》，主張追求新的感覺。雜誌第一期揭載橫光利一的短篇小說〈頭與腹〉促成「新感覺派」的開始。
一九二五年	大正十四年	一月，三島由紀夫出生於東京市（現東京都）。 十二月，《文藝戰線》雜誌集結無產階級文學雜誌、學者，成立「日本無產階級文藝聯盟」，使無產階級文學得以迅速發展。
一九二六年	昭和元年	十一月，無產階級文學運動第一次內部分裂。「日本無產階級文藝聯盟」內部實行改組，改名為「日本無產階級藝術聯盟」。遭排除的非馬克思主義者另立「無產派文藝聯盟」，創立雜誌《解放》。
一九二七年	昭和二年	二月，芥川龍之介於文學講座上公開批評谷崎潤一郎的小說，展開一連串芥川與谷崎的小說藝術爭論。兩人於《改造》雜誌上撰文駁斥對方筆戰，直至七月芥川自殺。 五月，《文藝時代》宣布停刊。 六月，葉山嘉樹、林房雄、藏原惟人、黑島傳治、村山知義等人遭「日本無產階級藝術聯盟」剔除，另組「勞農藝術家同盟」。 十一月，藏原惟人退出「勞農藝術家同盟」，另組「前衛藝術家同盟」。

一九二八年	昭和三年	三月，藏原惟人為了讓無產階級文學運動者不再分裂對立，結合「日本無產階級藝術聯盟」、「日本無產階級藝術聯盟」、「勞農藝術家同盟」等團體組成「日本左翼文藝家」，之後誕生「全日本無產者藝術聯盟」。 五月，濟南事件。 六月，中村武羅夫公開發表評論〈是誰踐踏了花園！〉，公開抨擊無產階級文學。 十二月，「全日本無產者藝術聯盟」創立文藝雜誌《戰旗》，迎來無產階級文學的高峰。
一九二九年	昭和四年	三月，小林多喜二完成小說〈蟹工船〉，發表於《戰旗》雜誌。此作為無產階級文學的代表作，受到國際高度評價。 十月，橫光利一、川端康成、犬養健、堀辰雄等人創刊《文學》雜誌。 十二月，中村武羅夫、川端康成、龍膽寺雄、淺原六朗、嘉村礒多、久野豐彥、岡田三郎、飯島正、加藤武雄、權崎勤、尾崎士郎、佐佐木俊郎、翁久允等人組成「十三人俱樂部」，號稱「藝術派十字軍」。
一九三〇年	昭和五年	四月，以「十三人俱樂部」為中心，吸收其他現代主義派作家如舟橋聖一、阿部知二、井伏鱒二、雅川滉，成立「新興藝術派俱樂部」，公開反對馬克思主義，取代新感覺派成為文壇上最大宗的現代藝術派別。 七月，小林多喜二因〈蟹工船〉遭到當局以不敬罪起訴，遭捕入獄。 十一月，黑島傳治發表以濟南事件為題材的長篇小說《武裝的城市》，遭當局禁止發行。

一九三一年	昭和六年	十一月，「全日本無產者藝術聯盟」底下的專業同盟與其他無產階級文化團體合併為「日本無產階級文化聯盟」，創辦《無產階級文化》雜誌。
一九三二年	昭和七年	三月，保田與重郎創刊《我思故我在》，反對無產階級派和現代藝術派，主張回歸日本傳統，為「日本浪漫派」之前身。
一九三三年	昭和八年	二月，小林多喜二遭當局逮捕殺害。 五月，室生犀星、井伏鱒二等人成立「秋聲會」，島崎藤村並成立「德田秋聲後援會」鼓勵創作低迷的德田秋聲。 十月，小林秀雄、林房雄、武田麟太郎、川端康成、廣津和郎、深田久彌、宇野潔二等人重新創立新《文學界》雜誌。另一方面，舟橋勝一、阿部知二成立《行動》雜誌。 十二月，《無產階級文化》發行最後一期，隔年「日本無產階級文化聯盟」被迫解散。
一九三五年	昭和十年	二月，坪內逍遙逝世。同月，直木三十五逝世。 四月，菊池寬為紀念好友芥川龍之介與直木三十五，創立「芥川賞」與「直木賞」。前者為鼓勵純文學新人作家，後者則是給予大眾作家的榮譽肯定。第一屆芥川賞頒予石川達三的〈蒼氓〉，直木賞得獎作家為川口松太郎。
一九三六年	昭和十一年	二月，陸軍中「皇道派」的青年軍官率領數名士兵，刺殺「統制派」政府官員，包含兩任前首相，並且一度占領東京。後來遭到撲滅。此政變又稱「帝都不祥事件」。

一九三七年	昭和十二年	三月，武田麟太郎、本庄陸男、平林彪吾等人創立《人民文庫》，獲得無產階級派作家的支持。另一方面，保田與重郎、神保光太郎、龜井勝一郎、中島榮次郎、中谷孝雄、緒方隆士等人創刊《日本浪漫派》雜誌，伊東靜雄、太宰治、檀一雄等人也加入其中。 四月，永井荷風出版小說《墨東綺譚》，此作體現荷風小說的深沉內涵，也流露出對時局的消極反抗。 十二月，日軍占領中國南京。
一九三八年	昭和十三年	二月，菊池寬以促進文藝發展、表彰卓越作家為目的，成立日本文學振興會。 三月，石川達三目睹南京大屠殺慘況後，寫成小說《活著的士兵》，發表後遭當局判刑。
一九三九年	昭和十四年	九月，第二次世界大戰爆發。同月，泉鏡花逝世。
一九四一年	昭和十六年	十二月，太平洋戰爭爆發。
一九四三年	昭和十八年	八月，島崎藤村逝世。 十月，黑島傳治逝世。 十一月，德川秋聲逝世。
一九四五年	昭和二十年	八月，日本宣布無條件投降。 十二月，秋田雨雀、江口渙、藏原惟人、德永直、中野重治、藤森成吉、宮本百合子等戰爭期間遭受鎮壓的無產階級作家為中心，組成「新日本文學會」。

一九四六年	昭和二十一年	一月，荒正人、平野謙、本多秋五、植谷雄高、山室靜、佐佐木基一、小田切秀雄等人創刊《近代文學》，提倡藝術至上主義，邁開戰後文學第一步。 五月，太宰治在《東西》雜誌發表無賴派宣言：「我是自由人，我是無賴派。」無賴派因此得名。 六月，坂口安吾《墮落論》出版。 七月，谷崎潤一郎重新執筆因戰爭而停止連載的小說《細雪》，至隔年三月共完成三冊。
一九四七年	昭和二十二年	七月，太宰治於《新潮》雜誌連載小說〈斜陽〉，同年十二月出版。 十二月，橫光利一逝世。
一九四八年	昭和二十三年	五月，太宰治完成〈人間失格〉。此作與〈斜陽〉皆為無賴派體現於小說創作上的代表作。 六月，太宰治自殺。同月，菊池寬逝世。
一九五〇年	昭和二十五年	六月，韓戰爆發。
一九五一年	昭和二十六年	一月，大岡昇平於《展望》雜誌發表〈野火〉，隔年出版，成為戰爭文學代表作之一。
一九五二年	昭和二十七年	二月，壺井榮於基督教雜誌《*New Age*》連載小說《二十四隻瞳》，同年十二月出版。
一九五三年	昭和二十八年	七月，簽署停戰協定。韓戰結束。

一九五八年	昭和三十三年	一月，大江健三郎於《文學界》發表短篇小說〈飼育〉，同年獲得芥川賞，是當時有史以來最年輕的受獎者。
一九五九年	昭和三十四年	四月，永井荷風逝世。
一九六五年	昭和四十年	七月，谷崎潤一郎逝世。
一九六八年	昭和四十三年	十月，川端康成以《雪國》、《千羽鶴》及《古都》等作品獲得諾貝爾文學獎，為歷史上首位獲獎的日本人。
一九七〇年	昭和四十五年	十一月，三島由紀夫發動政變失敗後自殺。
一九七一年	昭和四十六年	十月，志賀直哉逝世。
一九七二年	昭和四十七年	四月，川端康成逝世。

作者

金子光晴（一八九五—一九七五）

一八九五年出生於愛知縣海東郡（現在的津島市）。本名為大鹿安和，兩歲時因為父親生意經營失敗，送給金子家做養子。孩童時期曾在「最後的浮世繪畫家」小林清親門下學習日本畫，奠定日後成為畫家的基礎。學生時期沉迷於老子、莊子、列子，也開始展現現代文學的慧根，致力於文學創作，並發行同人誌在同學朋友間流傳。中學部畢業後，金子進入早稻田大學高等預科文科就讀，然而不到一年就退學，之後陸續考上東京美術學校、慶應義塾大學，也都輟學。

金子自小就想「逃離日本」，十二歲時，他召集了一些朋友，徒步走到橫濱的橫須賀一帶，意圖出港前往美國，引起大騷動。雖然童年的逃走以失敗作結，但這股想逃走的反抗精神仍體現在成年後。二十三歲時，他自費出版第一本詩集《紅土之家》，接著就搭上日俄戰爭結束後第一艘駛向歐洲的船「佐渡丸」，從神戶出發，前往英國利物浦。之後，他前往比利時，在布魯塞爾郊外鎮上的咖啡店二樓寄宿了一年，擁抱讀書與寫作，度過一生中最平靜的時光。

一九二〇年，金子回到日本，開始大量發表詩作，並受福士幸次郎委託，編輯短歌雜誌《樂園》。一九二六年，他再次離開日本，與妻子啟程前往上海，停留一個月。在谷崎潤一郎的親筆介紹信下，結識郭沫若、魯迅、內山丸造等人。兩年後，夫妻倆籌畫前往東南亞、歐洲，展開大約五年的流浪之旅。旅行途中，金子多次舉辦畫展籌措旅費，展覽也獲得極大迴響。他以法國巴黎十四區的旅館為根據地，為生計奮鬥。他做過諸多工作，也曾為農政學研究的池本喜三夫的學位論文寫草稿。

長時間身處國外，金子遇見不少離鄉背井的日本人，即使生活方式有差異，他還是能從他們身上體會到日本人無法改變的「本性」。這些實際交往後帶來的體悟，成為他日後撰寫《絕望的精神史》的材料。他的創作都體現出反戰爭、反帝國主義的「反骨精神」。自從一九三七年出版的詩集《鮫》之後，他接連發表批判日本社會體制的諷刺詩。戰後，他最著名的反戰詩集《降落傘》、《蛾》出版。一九五三年，詩集《人類的悲劇》獲得讀賣文學獎；一九七二年，《風流羽化記》獲選藝術選獎文部大臣獎。

一九七五年，金子留下事前立好的遺囑，在六月三十日因心臟衰竭於自家過世，享年八十歲。

譯者

周芷羽

政大日文系、日本研究學位學程碩士畢業。喜歡文字、閱讀與研究。持續在翻譯這門博大精深的學問中自我累積。

幡 004 絕望的精神史
ZETSUBOU NO SEISHIN-SHI
© Takako Mori 1996
All rights reserved.
Original Japanese edition published by KODANSHA LTD.
Traditional Chinese publishing rights arranged with KODANSHA LTD.
Traditional Chinese translation copyright © 2018 Rye Field Publications, a division of Cite Publishing Ltd.
本書由日本講談社授權城邦文化事業股份有限公司麥田出版事業部發行繁體字中文版，版權所有，未經書面同意，不得以任何方式作全面或局部翻印、仿製或轉載。

作　　者	金子光晴
譯　　者	周芷羽
總 策 劃	楊　照
封面設計	王志弘
責任編輯	丁　寧
國際版權	吳玲緯、蔡傳宜
行　　銷	艾青荷、蘇莞婷、黃家瑜
業　　務	李再星、陳玫潾、陳美燕、馮逸華
副總編輯	巫維珍
編輯總監	劉麗真
總 經 理	陳逸瑛
發 行 人	涂玉雲
出　　版	麥田出版 地址：10483台北市中山區民生東路二段141號5樓 電話：(02)2500-7696 傳真：(02)2500-1967
發　　行	英屬蓋曼群島商家庭傳媒股份有限公司城邦分公司 地址：10483台北市中山區民生東路二段141號11樓 網址：www.cite.com.tw 客服專線：(02)2500-7718｜2500-7719 24小時傳真專線：(02)-2500-1990｜2500-1991 服務時間：週一至週五09:30-12:00｜13:30-17:00 劃撥帳號：19863813 戶名：書虫股份有限公司 讀者服務信箱：service@readingclub.com.tw
香港發行所	城邦（香港）出版集團有限公司 地址：香港灣仔駱克道193號東超商業中心1樓 電話：+852-2508-6231 傳真：+852-2578-9337 電郵：hkcite@biznetvigator.com
馬新發行所	城邦（馬新）出版集團【Cite(M) Sdn. Bhd. (458372U)】 地址：41, Jalan Radin Anum, Bandar Baru Sri Petaling, 57000 Kuala Lumpur, Malaysia. 電話：+603-9057-8822 傳真：+603-9057-6622 電郵：cite@cite.com.my
麥田部落格	http://ryefield.pixnet.net
印　　刷	漾格科技股份有限公司
初　　版	2018年10月
售　　價	360元
I S B N	978-986-344-590-6

國家圖書館出版品預行編目(CIP)資料

絕望的精神史／金子光晴；周芷羽譯. -- 初版. -- 臺北市：麥田，城邦文化出版：家庭傳媒城邦分公司發行，民107.10
面；　公分（幡；4）
譯自：絶望の精神史
ISBN 978-986-344-590-6（平裝）
861.67　　107013444

城邦讀書花園
www.cite.com.tw

Printed in Taiwan.
本書若有缺頁、破損、裝訂錯誤，請寄回更換。